비즈니스

비즈니스
business

박범신 장편소설

자음과모음

차례

오래된 도시

처녀의 허리처럼 휘어진 만(灣)의 안쪽에 ㅁ시가 자리 잡고 있다.

백두대간에서 삐져 나와 서남쪽 평원을 굽이굽이 가로지른 장대한 산맥이 서해 가까이 이르러 몇몇 우람한 봉우리를 짓다가, 갑자기 푹 꺼지면서 바닷속으로 자맥질해 들어가는 끄트머리에 위치한 ㅁ시는, 오랫동안 경제개발의 혜택을 받지 못했던 곳이다. 방조제 공사가 마무리되지 않았다면, 아니 중국이 제일의 교역국으로 성장하지 않았다면 ㅁ시는 계속 서해의 조용한 지방 도시로 머물렀을 것이다. 원래 인심이 좋고 자연경관이 빼어난 곳으로서 그 험한 전란 시절에도 상한 사람이 거의 없었다는 게 이곳 사람들의 오랜 자랑거리였다고 한다. 좋은 세월이 당도했다면 아마 관광도시나 해산물의 집산지 역할 정도는 했음직하다. 그러나 ㅁ시는 이제 서해의 중심 도시로 발돋움하고 있는 중이다. ㅁ시가 빠른 시간 안에 비약적으로 성장한 것은 수십 킬로미터의 바다를 막는 역사적인 방조제 공사가 완공되고 나서부터이다.

ㅁ시는 구시가지와 신시가지로 나뉜다.

방조제 완공이 신시가시 건설의 시작이다. 원래는 농지를 얻자고 방조제를 만들기 시작했는데, 여러 정권에 걸쳐 공사를 하네 마네 하다가, 막상 완공이 되자 중국과의 교역을 위한 전진기지라는 명분을 앞세워 공업지대가 형성되었고, 이어 휘황한 위락 시설들과 상업 지구가 생겨났던 것이다. 수십 층짜리 아파트들이 들어서기 시작한 것도 그 무렵부터이다. 시청, 경찰서, 세무서 등의 중요 기관들도 다투어 신시가지로 옮겨갔음은 물론이다. 새로 생겨난 거대한 담수호를 중심으로 남서쪽은 선박 회사를 비롯한 수많은 공장들이, 북동쪽 해안과 호숫가엔 시청을 비롯한 관청들과 관광을 앞세운 위락 단지와 상업 지구가, 그리고 그 뒤편으로는 고층 아파트들이 자리 잡고 있다. 더불어 공업지대 너머에 '강남'이라고 불리는 새로운 초고층 아파트 단지가 빠른 속도로 형성되고 있는 중이다. 신흥 부촌인 '강남'의 초고층 아파트에 올라가 있으면, 믿거나 말거나, 중국 산둥 반도나 상하이 시의 빌딩군(群)이 보인다고 말하는 사람들도 많다. 불과 몇 년 사이, 앞다투어 하늘로 뻗어 올라간 아파트와 빌딩들이 밀집되어 이룬 신시가지 스카이라인은 한마디로 장관이다. 멀리서 보면 마치 SF영화에 등장할 법한 미래 도시 같다.

구시가지와 신시가지를 나누는 것은 황강(荒江)이다.

황강은 유역 면적이 4천 제곱킬로미터, 유로 연장이 2백 킬로미터쯤 된다. 큰 강은 아니지만 산맥의 배후를 따라 흐르다가 마지막에 질펀한 평야를 휘돌고 내려와 운류산을 우회해 서해로 빠져나온다. 강과 서해가 만나는 구시가지 포구 근처의 개펄에서 나던 세발낙지나 굴, 바지락은 한때 전국 최고의 품질을 자랑했다고 한다. 평야를 돌아 나온 강물은 늘 황톳빛이다. 구시가지 지역과 신시가지 지역을 가른 황톳빛 황강 위엔 세 개의 다리가 놓여 있다. 하나는 지선(支線)으로서 하루에 몇 번 화물차나 오고 가는 철로를 위한 철교이고, 둘은 예전부터 걸려 있던 주저앉을 듯한 낡은 시멘트 다리, 셋은 새로 건설된, 쓰레기 매립장과 소각장으로 곧장 내뻗은 해안도로에 걸린 아치형 다리이다.

아치형 다리는 이름도 근사한 '신세기대교'이다.

신세기대교 앞엔, 강력한 추진력으로 신시가지를 조성한 업적을 앞세워서 연전(年前)에 재선된 시장(市長)이 헬멧을 쓴 채 건설 현장을 지휘하는 사진이 부착된 거대한 홍보 광고판이 서 있다. 신시가지의 건설을 이룬 시장은 시민들에게 언제 어디서나 거의 영웅 대접을 받는다. 한때는 건설 현장에서 천막을 치고 살았다고 전설처럼 회자되는 시장이다. '21세기형 새로운 꿈의 도시 ㅁ시'라는 캐치프레이즈가 돋보인다.

구시가지는 시가지라고 부르는 것조차 민망한 수준이다.

해발 980미터의 운류산 북쪽 발치에 자리 잡은 구시가지는 예전엔 남쪽에서 올라오는 곡물이나 도기 등을 적재한 대형 경강사선(京江私船)이나 군용선들이 자주 들렀던 곳으로서, 해운업은 물론이고 해상교통의 중심지 역할을 한 적도 있다 하나, 요즘은 소형 낚싯배나 드나드는 버려진 포구가 된 지 오래다. 고려 중엽 이미 목(牧)이 설치돼 있었고, 조선 태종 때부터는 현(縣)의 중심으로 조정에서 특별히 항구를 조성했다는 역사적 사실에 대해선 말하는 이조차 없다. 1,2차 경제개발 시기에 처음 들어서기 시작한 3,4층짜리 건물들이 포구를 중심으로 둘러서 있지만 신시가지에 현대적 항구가 건설된 후부터 이곳은 건물조차 빈 곳이 많아 마치 유령들이 사는 마을처럼 변한 지 오래다. 대형 횟집들은 다투어 문을 닫았고 사람들이 들끓던 유흥가의 가게들도 파리를 날리는 정도이다. 소규모 빌라와 서민 아파트, 낡은 개인 주택 등이 뒤섞인 주거지역도 그렇다. 심지어 지방문화재로 지정된 향교(鄕校)조차 버려져 있는 것과 다름없다. 공자님을 중심으로 맹자, 안자(顔子), 증자(曾子), 자사(子思)의 위패는 물론이고 최치원을 비롯해 우리나라 명현 18위가 모셔진 명륜당과 강학(講學) 공간이 그대로 남은 유서 깊은 향교인데도 그렇다. 향교 뒤편의 활터 마당엔 식용으로 기르는 옆집의 개 우리가 들어와 있다. 사대(射臺)는 이미 사라지고 과녁은 다 부서져 흔적뿐이다. 개 떼가 내뿜는 노린내와 분뇨 냄새가 활터와 향교 일대를 장악하고 있다. 일상적인 안락을 구한다면 구시가지를 떠나는 수밖에 없다.

떠난 자는 성공한 자이고 머무는 자는 실패자이다.

벽이 갈라지고 페인트칠이 벗겨진 아파트 단지나, 짐승의 내장처럼 구불구불한 주택가 골목길은 한낮에도 적막하다. 구시가지는 빈집들이 유난히 많다. 사람이 산다 해도 주로 날품을 파는 사람들이 살기 때문에 아침이면 대부분 신시가지로 출근했다 저녁에나 돌아온다. 한낮의 구시가지는 그래서 텅 비다시피 한다. 오래전 포장한 시멘트 골목길은 군데군데 파여 있고, 그 위에 비닐봉지를 비롯한 갖가지 쓰레기들이 바람에 굴러다닌다. 향교의 마당이나 활터도 예외가 아니다. 구시가지 북쪽 끝에 쓰레기 매립장과 소각 시설이 들어선 것은 재작년의 일이다. 버려진 포구의 비린내가 쓰레기 매립장에서 나는 불유쾌한 냄새와 섞인 채 구시가지 하늘을 늘 뒤덮고 있다.

"짐승의 마을이지!"

구시가지를 가리켜 그렇게 말하는 사람도 없지 않다.

오랜 역사와 아름다운 자연조건을 지닌 옛 시가지를 어떻게 특성화해서 활용할 것인지를 먼저 생각한 후 새로운 시가지를 조성해야 옳겠지만, 그런 생각을 가진 사람은 처음부터 거의 없었다고 해도 과언이 아니다. 오랜만에 완공된 방조제 때문에 정부가 쏟아부은 개발비만 해도 수천억대에 이른다고 한다. 모두 신시가지 기반 조성과 개발에 투자된 돈이다. 중국이 우리의 일등 교역국으로 등장한 것과 신도시 조성 계획이 시기적으로 맞아떨어진 것도 천문학적 개발비를 투자하게 된 명분이 되었음은 물론이다. 당시 국회

부의장을 하고 있던 이 지역 출신 국회의원이 '총대'를 메고 여당의 정치자금을 마련하기 위해 신도시 계획을 키웠다는 소문이 돌았으나, 확인할 길은 없다. 대중국 교역의 전진기지라는 말은 언제나 무소불위의 힘을 발휘할 수 있다. 여당의 핵심이었던 국회의원과 배를 맞춰 신시가지 조성의 헌신적인 '일꾼'으로 등장한 것은 지금의 시장이다.

그는 자신을 가리켜 '비즈니스맨'이라고 부른다.

구시가지를 살리기보다 중앙정부의 지원을 받아 신시가지를 조성하는 것이 경제적 가치에서 더 효용성이 크다는 논리에 이의를 제기하는 사람은 거의 없었다고 한다. '대중국 수출의 전진기지'라는 명분을 중앙정부가 뒷바라지하고, 잘살게 된다는 희망을 앞세워 시민들을 부추기는 것으로, 중앙정부의 뜻을 '비즈니스맨'인 시장이 뒷바라지했던 셈이다. 신시가지 건설로 살기만 좋아진다면, 그 과정에서 정부 여당이 정치자금을 조성했든 말든, 무슨 상관인가. 신시가지 건설로 모든 시민이 다 함께 행복해질 수 있다는 환상을 만들어냈다는 점에서, 시장의 공은 언제나 첫손가락에 꼽힌다. '꿈의 도시'라는 구호도 시장의 머릿속에서 나왔다고 한다. 구시가지 사람들이, 신시가지가 어떻게 자신들의 삶을 무너뜨리는지 알았을 때는 이미 상황이 종료된 후의 일이었을 것이다.

새로 건설된 해안도로가 구시가지 해안가를 가로지른다.

고속도로 인터체인지까지 이어지는 해안도로는, 구시가지의 북쪽 끝에 접어들면서 개펄 위를 가로질러가기 때문에, 그나마 목가적인 구시가지의 경관을 완전히 망치고 있다. 갖가지 해산물들이 풍성했던 개펄은 해안도로 공사 때문에 자갈투성이 불모의 땅으로 변한 지 오래이다. 구시가지 사람들이 그 도로의 혜택을 보는 게 있다면 신시가지 중심가까지, 성습적인 정체를 만나지 않고 고속으로 내달리면 20분이 채 걸리지 않게 됐다는 것뿐이다. 그들은 신시가지 사람들의 파출부, 청소원, 짐꾼, 배달부, 미장이, 페인트공, 대리운전사, 용역업체 일용직 노동자, 아파트 경비원 등, 온갖 밑바닥 일을 위해 아침이면 해안도로를 타고 신시가지로 떼 지어 출근한다. 그 대신 신시가지 사람들이 그 도로를 따라 '짐승의 마을' 구시가지로 오는 일은 거의 없다.

신시가지의 쓰레기를 실은 차들만이 '짐승의 마을'로 온다.

쓰레기차들이 해안도로를 따라 쏜살같이 지날 때 구시가지 사람들은 자신들이 사는 곳이 오로지 신시가지 사람들의 쾌적한 문화생활을 위해 존재한다는 사실을 알고 비로소 소스라친다. 신시가지와 구시가지를 잇는 20분간의 그 이동은 공간 이동이라기보다 시간 이동이라고 부르는 게 옳다. 구시가지는 아직도 1960년대나 1970년대, 신시가지는 2000년대의 새 세상이다. 이를테면 구시가지 사람들은 신시가지로 갈 때, 타임머신을 타고 30년이나 40년 후의 미래 사회로 나가는 셈이 되고, 신시가지 사람들 역시 구시가지로 올 때, 타임머신에 실려 그들이 일찍이 버리고 온 전근대적인 과거의 마을로 회귀하는 셈이 된다.

비즈니스우먼

"아이고, 웬 경찰 떼거지가 저리 밀려드누?"

때마침 쌀을 배달해온 슈퍼 김씨가 이맛살을 찌푸렸다. 나는 쌀과 함께 가져온 계란과 두부와 푸성귀와 정우의 간식 등이 든 비닐백을 받아들다 말고 손차양을 한 채 김씨를 따라 해안도로께로 시선을 보냈다.

아침녘 햇빛이 눈부셨다.

지대가 좀 높은 편이라서, 황강을 가로지른 아치형 신세기대교와 해안도로 일부가 비스듬히 내려다보였다. 경찰 백차를 선두로 경찰버스가 여러 대 신세기대교를 건너오고 있는 중이었다. 헬멧을 쓴 시장이 대형 광고판에서 경찰

버스들을 내려다보고 있었다. "신문에 난 그 도둑놈 잡으러 오나 보네요." 김씨가 혼잣말처럼 말하고 "그 도둑놈이라뇨?" 내가 반문했다. "타잔, 몰라요?" "타잔은 무슨……." "하이고오, 엊그제는 아파트 4층에서 도시가스관을 타고 눈 깜짝할 새 땅으로 내려가 줄행랑을 쳤답디다. 총을 쏘기도 했다는데 소용없었대요. 신출귀몰이라, 경찰이 눈 번히 뜨고도 끝내 못 잡았다지 뭡니까? 그나저나 그 타잔이 우리 구시가지 사람이라고들 한다는데 무슨 근거로 그런 말들을 하는지, 원."

나는 말없이 배달돼온 물건값을 계산해주었다.

'타잔'이라니, 도둑놈의 별칭이 꼭 신세기대교처럼 작위적이고 낯설었다. 구시가지엔 아직까지 도시가스가 들어와 있지 않지만, 신시가지의 고층 아파트마다 벽을 타고 직립해 올라간 가스관은 나도 눈여겨본 적이 있었다. 건강한 젊은 남자라면 얼마든지 타고 오를 만한 철제 관이었다. 더구나 이 나라의 모든 남자는 군대에서 강도 높은 유격 훈련을 받은 바 있으니 그것쯤 타고 오르내리기는 얼마든 가능할 터였다. 엘리베이터가 없다면 섬처럼 고립될 고층 아파트에 오르는 숨은 길이 또 있었다는 사실이 오히려 신선하게 느껴졌다.

사람들은 도둑을 '타잔'이라고 불렀다.

요즘 신시가지 사람들은 '타잔'이 제일의 관심사였다.

어떤 날은 고급 빌라 중에서 세 집을 동시에 털어 가기도 했다. 한 달 새 여러 부잣집이 도난당했고 그중에서 집주인이 강간을 당한 경우도 있었다. 아니, 강간범과 도둑이 동일인인지는 분명하지 않았다. 경찰은 강간당한 사람 중에서 금품을 털린 경우는 한 번뿐이라고 발표했다. 설상가상으로 때마침 어린 초등학생과 여중생을 대상으로 한 성폭력 사건도 두 차례나 일어났다. 분별력 있는 사람들은 강간범과 도둑이 동일인이 아니라는 데 동의했지만, 그래도 사건이 연달아 터지면서 대부분의 사람들은 모든 일이 '타잔'의 손끝에서 일어나고 있다고 믿게 되었다. '타잔'은 신출귀몰해서 총을 맞고도 유유히 도망쳤으며, 방범 시스템도 무용지물로 만들 뿐 아니라 어떤 형태의 금고도 자유자재로 연다고 했다. 소문에 의하면 '타잔'은 도둑질과 강간, 심지어 살인까지도 망설이지 않았다. 살인 사건이 생긴 건 엊그제 밤의 일이었다. 사채업을 하는 여자가 실종됐다가 이틀 만에 신도시의 공장 지대 너머에서 변사체로 발견된 것이었다.

"타잔의 짓이야."

사람들은 말했다. 소문은 눈덩이처럼 커졌다.

'타잔'은 키가 칠 척(尺)이 넘는다고 말하는 사람도 있었고 다섯 척이 채 되지 않는다고 말하는 사람도 있었다. 떡 벌어진 어깨에다가 야구 모자를 쓰고 다닌다고 말하는 사람도 있었고, 호리낭창한 몸매에 장발을 뒤로 질끈 묶어 여자 같아 보인다고 말하는 사람도 있었다. '타잔'은 그래서 '야구 모자', '장발'로도 불렸다. 어떤 사람은 심지어 '타잔'을 운류산에서 직접 보았는데, 이쪽 상수리나무에서 저쪽 떡갈나무로 펄쩍 뛰어넘더라고까지 말하고 다녔다. 사람들은 당연히 밤에 외출을 삼갔고, 니나없이 열쇠를 바꾸거나 경호업체를 불러들였으며, 고급 아파트의 경우는 경비원을 최대한으로 충원했다. 그런 가운데에서도 구시가지에선 여전히 아무 일도 일어나지 않았다. 그 바람에 신시가지 사람들의 대부분은 '타잔'이 구시가지 사람이거나 구시가지에 은신해 있을 거라고 막연히 생각했고, 또 그렇게 믿었다.

경찰은 도난품에 대해서는 한사코 쉬쉬했다.

도난당한 사람들이 모두 ㅁ시를 이끄는 고위층이거나 저명한 부호이기 때문이었다. 어떤 사장 집은 수억짜리 물방울 다이아몬드를 도난당했고, 어떤 고위층 집에서는 금괴를 여러 개 털렸다는 말도 들렸다. 뭉치 달러를 털린 집도 있다고 했다.

도적이 든 고위 인사들의 집 중엔 시장도 들어 있었다.

시장이 무엇을 도난당했는지는 물론 비밀이었다. 다른 부잣집의 도난 물품도 마찬가지였다. 무성한 것은 소문뿐이었다. 다만 도난 품목에 에메랄드 반지 목걸이 세트가 있을 거라는 사실만은 나도 확실히 알고 있었다. 동시에 세 집이 털렸다는 그 세 집 중 한 집이 바로 주리네 집이기 때문이었다. 주리는 대학의 같은 과 동기로서 증권회사 지점장인 남편을 따라 작년에 신도시로 내려왔다. 회사에서 얻어준 빌라는 3층으로서 80평이 넘는 최고급이었다. 주리는 이제 막 중학생이 된 아들이 서울에 있기 때문에 빌라를 비우는 경우가 많았다. 도둑이 들던 그날도 주리는 서울의 본가에 올라가 있었다. "이놈, 프로야. 귀금속 중에서도 가짜나 싼 것은 그대로 두고 갔어. 결혼 10주년 기념일에 그 사람이 사준 에메랄드 세트를 잃은 것이 제일 속상해." 주리는 말했다.

젊은 경찰 두 명이 대문 앞에 서 있었다.

"빈집이 많아서요. 혹시 범인이 숨어 있나 하고 수색 중입니다. 잠시 들어가도 되겠습니까?"

눈빛이 초롱한 경찰이 물었다.

우리 집은 헛간과 본채로 되어 있었다. 본래 시부모가 살다가 두 분이 다 작고하고 이태나 비워뒀던 집을 수리해 내려온 것이 벌써 3년 전이었다. 남편은 바다가 내려다보여 좋다고 했다. 구시가지 중에서도 북동쪽으로 맨 끝에 위치한 집이었다. 퇴락한 집이었지만 지대가 높아 바다가 보여 좋았다. 뒤란 너머에는 비가 오지 않으면 거의 물이 말라 있는 작은 개울이 있었고, 산발치를 지나온 철로가 시내 쪽으로 굽어져 놓였으며, 북서쪽으로는 해안 가까이까지, 구시가지가 번성했던 시절 냉동 창고로 쓰던 여러 채의 창고 건물들이 방치되어 있었다. 더러 젓갈을 발효시키는 용도로 사용하기도 했으나 대부분 비어 있는 건물들이었다. 잇대어 늘어선 건물 끝은 만의 가장 깊은 곳에 거의 닿았다. 예전엔 냉동 창고 건물 앞까지 바다였다고 했으나 지금은 일부 개펄을 메운 매립지에 조립식으로 지은 횟집들이 둘러서 있었다. 경찰들이 철로 너머의 산자락과 빈 냉동 창고들도 수색 중이었다.

"맘대로 하세요."

뜨악한 얼굴로 내가 말했다.

경찰은 헛간과 뒤란을 둘러보고 나서 거수경례를 힘차게 올려붙이고 곧 떠났다. 11시 가까운 시간이었다. 정오의 약속에 늦지 않으려면 준비를 서둘러야 했다. 나는 보일러를 올려놓고 목욕탕에 들어간 뒤 옷을 훌훌 벗었다.

올해가 지나면 마흔이 될 터였다.

요가로 오랫동안 단련해온 보람이 있어서 거울에 비친 몸은 아직 뽀송하고 탄력이 있어 보였다. 탄탄한 가슴도 처지지 않았고 허리 라인도 처녀 때 그대로였다. 나는 샤워를 위해 산발해 흘러내리는 물줄기 속으로 성큼 들어섰다.

그 남자는 약속한 네거리의 서쪽 가로에 차를 대고 있었다.

미리 문자로 받은 차종을 확인하고 안을 슬쩍 들여다보자 "칼라 님?" 하고 그가 물었다. 넓은 선글라스를 쓰고 있었다. 나는 고개를 끄덕거리고 조수석에 올랐다. 백미러에 염주를 걸어놓은 것이 인상에 남았다. 선글라스 때문에 세세히 보이진 않았으나 차 주인은 예상보다는 젊은 남자임에 확실했다.

"정말 칼라 꽃 들고 계시네요?"

나는 들고 있는 흰 칼라 한 송이를 내려다보았다.

"약속한 신호니까요."

내가 대답했고, 그가 또 반문했다. "꽃말 알아요?" "흰 칼라는 순결, 청결, 뭐 그럴걸요." "웃겨요." 그가 웃지도 않은 채 오히려 다부진 말투로 말하고 곧 입을 다물었다. 본래 과

묵한 사람인 듯했다. 말씨는 단정했고, 표정은 단단하면서도 조금 어두웠다.

차가 해안도로로 들어섰다.

흘러간 옛 노래가 차 안에 흘렀다. 낡은 차였다. 돈이 많은 남자는 아닌 것 같았다. 자동차전용도로인 해안도로는 신시가지 상업 구역과 공장 지대를 지나 곧게 남쪽으로 뚫려 있었다. 고속도로 인터체인지를 남자는 말없이 지나쳤다. 아마도 ㅍ시로 갈 모양이었다. ㅍ시는 ㅁ시에서 차로 간다면 30여 분 걸리는 온천 도시였다. 내가 짐짓 시계를 보는 체했다.

"시간을 초과하면 돈을 더 줄게요."

넥타이를 맸는데도 어딘지 모르게 어색하게 느껴지는 것이 그냥 회사원은 아닌 것 같았다. 보통 '하이칼라 고객'들은 점심시간을 이용해 나를 찾았기 때문에 '작업' 시간이 길어도 두 시간을 넘기지 않았다. 오늘도 정오의 약속이어서 당연히 그런 줄 알았는데 의외였다. ㅍ시를 다녀오려면 오가는 데만 최소한 한 시간이 소모됐다. 따뜻하고 친절한 타입은 아니었지만, 위험한 사람도 아닌 듯해서 그나마 다행이었다.

차가 ㅍ시 외곽의 바닷가 쪽으로 들어섰다.

남편과 함께 근처 횟집에 온 적이 있긴 했으나 그곳에 그처럼 모텔이 많은 줄은 처음 알았다. 가파른 비탈을 타고 새로 지은 듯한 모텔들이 빽빽이 들어서 있었다. 꼭대기에 있는 한 모텔 주차장으로 차가 들어갔다. 종업원과 마주칠까 걱정할 필요는 없었다. 돈을 넣으면 룸 키가 자동으로 나오는 무인 시스템을 갖춘 모텔이었다. 방은 알맞게 따뜻했고 탁 트인 창으로 바다가 보였다. 창 밑으로는 절벽이었다. 그가 곧 창의 커튼을 이중으로 치고 나더니 비로소 선글라스를 벗었다. 전망 좋은 모텔까지 일부러 찾아와서 불도 켜지 않고 커튼을 이중으로 치는 걸 보니 어쩌면 수줍음을 많이 타는 남자일지도 몰랐다. 내가 말했다.

"샤워 먼저 하시지요."

"샤워를 막 하고 나왔어요. 칼라 님 하시지요."

"저도요."

"그럼 본론으로 곧장 들어갑시다."

그는 계속 나를 똑바로 보지 않았다. 순진한 티가 단번에 났다. 돌아서더니 이내 훌훌 옷부터 벗어 던졌다. 마른 듯했지만 얼핏 보아 군살 없이 잘 다져진 몸매였다. 운동을 좋아하는 사람 같았다. 나는 그의 옷들을 차례로 주워 옷장에 가지런히 걸었다.

방 안은 어스레했다.

노란색 넥타이가 인상에 남았다. 비로소 그의 아이디가 '옐로'였다는 사실이 떠올랐다. "결혼한 분이군요?" 그가 여전히 무뚝뚝하게 말했다. "내가 아줌마처럼 보이나 봐요." "그렇게 옷을 주워 정돈하는 거, 미스라면 할 줄 몰라요. 유부녀나 이혼녀들의 습관이지요." 그가 짐짓 '선수' 같은 말투를 흉내 내고 있었다. 역시 초보자야, 라고 나는 생각했다. "과부도 있을 텐데요." "과부인가요?" "노코멘트예요. 그쪽은 회사원?" "비즈니스맨이에요." 시장 때문에 요즘 ㅁ시 사람들은 너나없이 자신을 가리켜 '비즈니스맨'이라고 부르는 게 대유행이었다. 나는 참지 못하고 실소를 했다. 그가 확 하고 고개를 돌려 나를 바라보았다.

"사실은, 홋, 나도 내 일을 비즈니스라고 부르고 있어서요."

"허헛, 비즈니스우먼이시네요, 그쪽은."

"그럼 우리, 비즈니스를 시작해보지요."

돌아서서 옷을 벗는데 자꾸 웃음이 나왔다.

그는 그러나 더 이상 웃지 않았다. 침대로 들어가 천장을 보고 누웠더니, 그가 이내 몸을 기울여왔다. 피부가 탄탄했고 매끈했고 따뜻했다. 그는 먼저 내 눈썹에 키스했다. 미학적 출발이었다. 남자들은 한결같이 성미가 급했다. 다짜고짜 그것을 들이대거나 가슴을 입에 물거나 하는 게 보통이었다. 그런데 눈썹에 키스하면서 시작하다니, 세련된 '비즈니스맨'다운 신선한 출발이 아닐 수 없었다.

"몸으로 보면 유부녀가 아니네요."

내 팔을 쓰다듬으며 그가 속삭였다.

칭찬이었다. 그의 입술은 까칠하게 말라 있었다. 광대뼈를 사선으로 미끄러져 내려온 입술이 귓바퀴에 닿았다. 예상 밖의 길이었으며 또 섬세했다. 나도 모르게 몸이 가늘게 떨렸다. 좋은 상대를 만났다는 느낌이 들었지만 동시에 그것은 '비즈니스우먼'으로선 위험한 신호였다. 비즈니스 관점으로는, 돈에서 너그럽고 작업 시간 짧은 남자가 제일 좋은 파트너였다. 육체의 감각은 필요 없었다. 나는 상대편의 분위기에 말려들지 않으려고 몸에 잔뜩 힘을 주었다. 그러나 염려는 거기까지였다. 입술이 턱 언저리를 지났다고 생각했는데, 곧 펄쩍 뛰어오르듯이 그가 거칠게 유두를 물었다. 유두에 사금파리가 박히는 것 같았다.

"아파요……."

몸을 비틀었지만 소용없었다.

갑자기 그가 속력을 높였다. 노회한 '비즈니스맨'이라면 안 해야 할 짓을 그가 하고 있었다. 마치 1단 기어를 단번에 4단이나 5단으로 높인 형국이었다. 내 몸이 부르르릉, 공회전을 하며 요동쳤다. 조금 당황했으나 그렇다고 받아들이지 못할 정도는 아니었다. 오히려 일을 빨리 끝낼 수 있어서 좋았다. 운전자가 가속페달을 밟는 정도에 따라 함께 쫓아가주는 것이 일을 쉽게 도모한다는 것쯤 이제 충분히 알고 있었다. 폭풍 같은 질주가 시작됐다.

"아하, 여, 여보!"

절정에 이르기 직전 그기 다는 듯한 목소리로 소리쳐 불렀다.

꼭대기를 넘기까지는 채 10분도 걸리지 않았다. 그의 이마가 짚불 쓰러지듯이 내 가슴으로 쓰러져 들어왔다. 끈적한 것이 가슴에 닿았다. 땀인가 했는데 눈물이었다. 그가 '비즈니스맨'이 아니라는 것을 나는 그의 눈물 때문에 알았다. 연민이 느껴졌다. 뭐랄까, 다하지 못한 정한의 어두운 그늘이 그의 가슴속에 은밀히 깃들어 있는 것을 한순간 본 느낌이었다. 나는 다정한 '여보'처럼, 뛰어난 '비즈니스우먼'처럼 그의 숱 없는 머리칼을 가만히 쓰다듬어주었다. 절정에서 부지불식간에 아내를 소리쳐 부르는 남자는 처음이었다.

"택시값을 따로 드릴게요. 나, 혼자 돌아가고 싶어서요."

"부인을 많이 사랑하시나 봐요?"

"……."

대답 대신 남자가 탁자 위에 봉투를 내려놓았다.

약속한 돈을 봉투에 담아온 사람도 처음이었다. 흰 봉투였다. 택시값도 두둑했으니까 내 입장에선 성공적인 '비즈니스'였으나, 갑자기 부의금을 받는 기분이 들었다. 무엇엔가 쫓기는 사람처럼 그는 씻지도 않고 서둘러 옷을 챙겨 입었다. 많이 수줍어하는 것 같기도 했다. 나는 침대에 누워 시트를 둘러쓴 채 빤히 그를 올려다보고 있었다. 어둠을 밀어내며 솟아오른 등뼈가 마음에 남았다. 사연이 깊은지, 여보, 라고 불렀던 것조차 전혀 기억하지 못하는 것 같은 명한 표정이었다. 아까보다 턱이 꺼뭇해졌다고 나는 생각했다. 남자들은 섹스 중 수염이 더 빨리 자라는 것일까. 거의 모든 남자들이, 섹스가 끝나고 나면 턱이 더 꺼뭇해졌다. '옐로'는 끝내 내 쪽을 한 번도 보지 않고 먼저 방을 나갔다.

나는 그가 나간 뒤 욕조에 물을 받았다.

목욕탕 창도 넓었고 창으로 바다가 들어왔다. 욕조에 들어앉아서도 막힘없이 바다가 한눈에 보이도록 창이 뚫려 있었다. 가을 햇빛을 받은 바다는 옥양목처럼 희었다. 남자의 솟은 등뼈가 계속 눈앞에 남아 있었다. 홀로 지구를 짊어져 가기로 작정한 사람이 가질 만한, 고독하면서도 단단한 의지가 느껴지는 등뼈였다. 지금은 다 삭아 내려앉았지만, 남편도 그런 등뼈를 가졌던 한 시절이 있었다.

이제 겨우 1시 30분이었다.

그는 ㅁ시를 떠나 사뭇 먼 데로 왔으면서도 약속된 시간의 절반만을 쓰고 떠난 것이었다. 터무니없이, 버림받은 여자 같은 기분이 들었다. 대학생이었던 연애 시절의 남편이 공원 벤치에 앉은 채 이유도 설명하지 않고 "이제 우리 끝내. 더 이상 네 지구에 나는 없을 거야"라고, 다짜고짜 이별을 선언하고 떠났던 날이 떠올랐다. 내 나이 겨우 스무 살이었다. 세상에 대해 적개심이 많았던 젊은 남편의 등뼈는 그때, 차라리 고등어의 등처럼 푸르고 싱싱했다. 얼마나 달려가 매달리고 싶었던 등뼈였던가. 버림받는다는 건 내겐 늘 절름발이가 되는 것이었다. 벤치에서 일어서면 절름발이가 된 나의 장애를 확인하게 될 것 같아서, 남편이 사라지고 난 후에도 밤이 이슥할 때까지 그대로 앉아 있었다. 오늘처럼 가을볕이 좋았던 날이었다.

정우를 픽업해야 할 5시까진 아직 세 시간이나 남아 있었다.

나는 따뜻한 물에 깊숙이 몸을 담그고 바다를 하염없이

내다보았다. 바다는 흰 나무 관처럼 비어 있었다. 부의금을 받았으니 죽은 것 같기도 했다. 괜히 눈물이 주르륵 흘렀다. '비즈니스우먼'일지라도 혼자 있을 때엔 더러 울어도 좋은 권리가 있다고, 나는 생각했다. 몸을 더 낮추어 욕조 속으로 머리까지 쑥 밀어 넣었다. 바다가 흐릿하게 지워졌다.

정우는 약속한 시간에서 20분이 지나서야 교문을 나왔다. 6시에 시작되는 학원까지 가는 데도 20분은 소요될 테니, 저녁을 먹일 시간이 부족했다. "왜 이렇게 늦었어?" 내가 힐난하듯 말했고, "엄마, 나 학원 안 가면 안 돼?" 정우가 반문했다. "또 왜?" "그냥 그래. 학원 간다고 성적이 꼭 오르는 것도 아니고." "이 학원 등록하고 두 달도 채 안 됐어. 곧 중간고사도 다가오고……." 학원비도 다른 데보다 훨씬 비싸게 지불했어, 라는 말이 목젖에 걸려 있었다.

나는 차를 분식집 앞에 대고 김밥과 어묵 등을 샀다.

6시에 늦지 않으려면 차 안에서 저녁을 먹이는 수밖에 없었다. 정우는 중학교 3학년이었다. 외국어고등학교에 들어가려면 최소한 반 석차가 2,3위권에 들어야 했지만 정우는 아직 10위권에 들어서지 못했다. 조금만 더, 라고 나는 생각했다. 1학년 때만 해도 전교 수석까지 했던 터, 머리가 좋은 애니 조금만 더 의지를 보태면 얼마든 1위를 탈환할 수 있을 것이었다.

다행히 정우는 더 이상 군말 없이 김밥을 먹었다.

퇴근 시간이 겹쳐 차가 많이 밀렸다. 학원들이 밀집된 동네였다. 학원 공화국이라 할 만큼 많은 수의 학원 간판이 스쳐 지나갔다. 6시부터 10시까지 수강하는 것은 영어와 수학을 두 시간씩 편성, 다섯 명만 따로 수업하는 특별 그룹지도였다. 족집게 강사들이 담당한다고 했다. 남편에겐 수강료가 비싸지 않다고 둘러댔지만 특별 지도라 수강료는 일반 학원비와 비교되지 않을 만큼 비쌌다. 10시 반부턴 국어와 제2외국어 과외를 하루걸러 받았다. 물론 그 역시 돈이 많이 들었다. 12시 반에야 비로소 과외가 끝났다.

남편은 왜 꼭 학원을 보내야 하는지 이해하지 못했다.

그는 시골에서 고등학교를 마치고도 중급 대학에 합격했고 좋은 성적으로 졸업했다. 학원 문턱에도 가본 적 없었다. "학교 수업 열심히 하고 예습 복습 잘하면 되는 거지, 왜 꼭 학원을 보내야 하는지 모르겠어. 지식이라는 게, 누가 넣어준다고 머릿속에 넣어지는 게 아니야. 머리가 뭐 지식을 넣어서 쟁이는 선반인 줄 알아?" 남편은 말했다. 원칙적으로는 맞는 말이었다. 그러나 현실은 원칙적인 체제에 놓여 있지 않았다. "당신이 현실을 몰라서 그래. 과외 안 시키는 집이 어디 한 집이라도 있는 줄 알아?"

"과외 시켜서 뭐 하게? 대학 졸업시켜 나처럼 만들게?"

"당신이 어때서?"

"보면 몰라. 내 꼴 좀 보라구."

남편은 자조적으로 웃었다.

남편은 사법고시를 열 번이나 보았다. 성적은 나쁘지 않다고 했는데 매번 마지막에 떨어졌다. "아직도 속으론 연좌제가 그대로 있는 거야." 남편은 자조적으로 말했다. 전쟁 때 월북했던 남편의 숙부가 남파 간첩으로 내려왔다가 붙잡혀 처형된 것은 1965년, 야당이 불참한 가운데 한일협정이 조인되고 베트남에 전투 사단을 보내기로 한 그해 여름이었다. 위수령이 발동되어 있던 살얼음판 같은 그 여름에 남편의 숙부는 간첩죄로 구속되어 재빨리 처형됐고, 그 바람에 시아버지까지 조사를 받느라 곤욕을 치렀다고 했다. 집안의 누가 사상범으로 처형됐을 경우, 그 친족들에게까지 책임을 물어 공무원직은 물론 해외여행까지 제한했던 전근대적인 연좌제가 공식적으로 폐지된 것은 제5공화국이 성립된 1981년의 일이었다. 남편은 문민정부가 들어설 때까지 사법고시에 응시했으니까 연좌제는 물론 핑곗거리에 불과했다. 어쨌든 남편은 30대 중반이 돼서야 끝내 사법고시를 포기하고 말았다.

그때는 나이가 많아 오라는 데가 없었다.

남편은 그래도 가장으로서 최선을 다해 노력했다.

중소기업 몇 군데를 전전하기도 했고 한동안 노트 공장을 운영하기도 했다. 공장 설비를 점검하다가 무릎관절을 크게 다치는 일까지 생겼다. 관절은 그런대로 봉합됐지만 치료 시기를 놓치는 바람에 무릎은 10도 정도 구부러진 채 끝내 펴지지 않았다. 다리를 약간 절게 되었고, 공장도 지지부진했다. 공장 문을 닫았을 때 남은 것은 빚뿐이었다. 남편은 사업가 타입이 아니었다. 살던 아파트조차 빚쟁이들 손에 넘어갔다. "앞으로도 가족을 부양할 수 있을 거라 말하진 못하겠어. 당신 아직 젊은데, 원한다면 이혼해도 좋아." 남편은 말했고, 나는 울었다. 남편의 고향 집이 있는 ㅁ시로 내려온 것은 그 후의 일이었다. 갈 데가 없어서만이 아니라 서울을 벗어나고 싶어서였다. "서울, 불가사리야. 여기 있다가는 나, 말라 죽을 게 뻔해." 남편은 말했고, 나도 그 말에 기꺼이 동의했다.

정우가 소걸음으로 학원에 들어갔다.

학원으로 들어가는 정우의 어깨 위엔 맷돌이라도 얹혀 있는 것 같았다. 가슴이 짠했다. 그러나 온정주의에 행여 빠지게 될까 봐 이내 세차게 고개를 가로저었다.

나는 대학을 2년 동안 다니다가 말았다.

세상은 철저히 학력 사회였다. 남편도 일류 대학을 나왔다면 나이가 들었어도 좋은 회사에 얼마든 취직할 수 있었을 것이라고 나는 생각했다. 일단 외국어고등학교를 들어가야 좋은 대학에 갈 수 있다. 때가 오면 정우도 대학이 평생의 삶을 결정하고 마는 이 나라의 특수한 전통을 알게 될 터였다. 과외받는 곳도 학원 근처니까 이제 12시 반에 픽업해 집으로 데려올 일만 남은 셈이었다.

나는 곧 차를 유턴시켜 해안도로 쪽으로 방향을 잡았다.

퇴근 시간이라 차들이 죽 늘어선 채 꼼짝하지 않고 있었다. 내가 주로 이용하는 차는 낡은 아반떼였다. 남편에게 휴대폰으로 전화를 걸었다. "저녁 먹고 들어가야겠어. 오늘 이사들과 회의하고 회식이 있거든. 데리러 올 건 없구." 남편이 건조한 목소리로 말했다. 차는 여전히 꼼짝도 하지 않았다. 스포츠 관련 업체들의 협회라고 했다. 나는 남편의 직장에 전혀 관심이 없었다. 그나마 부시장으로 재직 중인 남편의 고등학교 동창이 주선해준 자리였는데 월급이라고 받아오는 게 고작 백만 원 정도였다. 사람들은 남편을 '서 주사'라고 불렀다. 주사라는 호칭도 촌스럽기 이를 데 없었다. 그러나 남편이 나갈 데 없이 집에만 있다고 상상하면 그나마 감지덕지였다.

20분에도 주파할 길을 한 시간이나 걸렸다.

신세기대교 양쪽에서 경찰이 검문을 하고 있었다. '타잔'이라는 도둑이 정말 구시가지 사람이라고 생각하는 것일까. 몸이 아주 무거웠다. 집 안에 들어서자마자 나는 담배부터 찾아 물고 컴퓨터 앞에 앉았다. '고객들'과 통로를 유지하고 연결할 방법은 인터넷밖에 없었다. '대화방'이나 '애인 구하기' 등의 사이트를 이용했고, 아이디로 개설한 내 홈피 등을 이용하기도 했다. 인터넷 공간에서 나는 예수가 죽은 나이, 서른세 살로 행세했는데 의심하는 사람은 별로 없었다.

"나는 비즈니스우먼이야."

느낌도 좋고 듣기에도 상쾌한 호칭이었다.

나는 담배를 깊숙이 빨아들이면서 우선 메일함을 열었다. 몇몇 메일이 들어와 있었는데 그중엔 이미 확보된 '고객'의 메일도 있었다. 내일 정오에 만났으면 좋겠다는 메일은 '터미네이터'였다. 교통사고로 온몸에 철심을 박았다는 그는 아이디를 '터미네이터'라고 했다. 나는 오케이 메일을 보내고 나머지 메일들을 곧장 삭제했다.

담뱃재가 자판기 위로 툭 떨어졌다.

남편하고 술이라도 한잔 나누거나 하는 날 심심풀이 삼아 남편의 담배를 입에 문 것이 시작이었다. 여름까지는 구민회관에서 운영하는 문화센터에서 요가 강좌를 맡아 했다. 세 타임이나 뛰었지만 월급으로 받는 돈은 한 과목 과외비도 채 되지 않았다. 그나마도 강좌를 맡아 하려고 하는 사람들이 많아서 구청 관계자들은 틈만 나면 그걸 핑계로 집적거렸다. 굴욕감 때문에 얼굴이 화끈거릴 때도 있었다. 결국 그만두었고, 막상 그만두고 나니 막막했다. 바다가 잘 보이는 2층 옥상에 올라가 혼자 앉아 있으면 언제나 가슴이 뻥 뚫린 것 같아 견딜 수가 없었다. 담배를 한 대 피워야 비로소 마음이 가라앉았다. 나는 다 피우고 필터만 남은 것을 휴지로 싸서 쓰레기통에 넣고 의자에서 일어섰다. 앞집 마당의 늙은 매화나무 너머에서 바다는 캄캄했다.

낮에 배추 몇 단을 들여놓았다는 데 생각이 미쳤다.

남편이 오기 전에 겉절이라도 버무려놓는 게 좋을 것 같았다. 찬밥이 반 공기쯤 냉장고에 있을 테니 저녁은 그것으로 때울 요량을 했다. 나는 비로소 주방 전등을 켜고 냉장고를 열었다. 그런데 그곳에 밥이 없었다. 분명히 랩으로 싸서 냉장고에 들여놓은 것 같은데 밥그릇은 빈 채 개수대 속에 들어가 있었다.

착각한 것일까, 하고 나는 미간을 모은 채 생각했다.

요즘은 너무도 확실하다고 믿는 기억들이 틀리는 경우가 자주 있었다. 남은 밥을 냉장고에 넣어뒀던 것은 어쩜 어제나 그제의 일이었는지도 몰랐다. 어제만 해도 계란이 없어졌다고 생각해 정우랑 남편에게 언제 계란을 먹었느냐 꼬치꼬치 묻다가 망신만 당한 일이 있었다. 분명히 계란이 다섯 개쯤 남았다고 인식하고 있었는데 저녁에 계란찜을 하려고 보니 그것이 달랑 두 개만 남아 있었기 때문이었다. "당신도 이제 늙나 봐." 남편은 연민 어린 눈빛을 하고 픽, 바람 빠지는 소리를 냈다. 이제 마흔이 될 테니 미상불 그럴 만도 했다. 동갑인 주리는 벌써 돋보기를 맞춰왔다고 하지 않던가.

나는 낮게 한숨을 쉬면서 냉장고 안을 다시 들여다보았다.

눈에 짚여 나온 것은 두부와 소시지였다. 남편이 좋아하는 두부 부침개나 만들자고 생각해 유기농 콩으로 만든 두부를 세 모 주문했던 기억이 떠올랐다. 그런데 두부가 두 모뿐이었다. 그러고 보면 소시지도 개수가 빈 것 같았다. 방으로 들어가 급하게 슈퍼에서 가져온 영수증을 찾았다. 두

부는 분명히 세 모였다. 나는 슈퍼로 전화를 걸었다. "아침에 배달해온 물건 중에 두부 말인데요, 세 모 주문했는데 혹시 빠뜨리고 두 모만 가지고 온 거 아닌가요?" 나는 물었고 "아이고오, 그런 일은 없습니다. 하나하나 봉지에 담으면서 영수증을 작성하는걸요." 슈퍼 주인 김씨는 허어, 웃었다. 소시지와 치즈도 영수증 숫자와 맞지 않았다. 전에 사뒀다가 남은 것을 빼면 한 개씩이 비었다. 갑자기 모골이 송연해졌다.

온 집 안에 일단 불을 켰다.

놀랍게도 뒤창이 반쯤 열려 있었다. 외출에서 돌아올 때 현관은 분명히 열쇠로 열고 들어왔으니 침입자가 현관을 통해 들어왔다고 말할 수는 없었다. 아마도 깜박하고 뒤창의 걸쇠를 걸지 않았던가 보았다. 배추를 다듬을 마음이 싹 가셨다.

다행히, 그 외는 잃어버린 물건이 없었다.

만약 도둑이 들어왔다면 이상한 도둑이었다. 가져갈 만한 값나가는 물건은 없을지라도, 잘 뒤져본다면 설마 소시지나 두부보다 값나가는 물건이 왜 없겠는가. 거실 바닥에 주저앉은 채 담배를 한 개비 더 찾아 들었다. 구시가지엔 밥을 굶는 결식아동도 많다고 들었다. 빈집을 전전하면서 자는 노숙자도 더러 있었다, '꿈의 도시'는 신시가지를 가리킬 뿐이었다. 배고픈 어떤 아이나 노숙자가 뒤창이 열린 걸 보고 들어왔었는지도 모를 일이었다.

나는 부르르, 한 차례 어깨를 떨었다.

비즈니스맨

내가 그것을 목격한 것은 한밤이었다. 남편은 보통 10시 이전에 잠들었다. 남편이 잠든 게 10시쯤이고 과외가 끝난 정우를 데려와 야식을 먹인 것은 1시쯤이었으니까, 대강 2시가 넘은 시각이었을 것이다.

가을은 하루가 다르게 깊어졌다.

풀벌레 소리 때문인지 영 잠이 오지 않았다. 나는 맥주 캔을 따 들고 2층 옥상에 올라와 앉아 있었다. 반지붕 형식으로 지은 집이었기 때문에 옥상이 꽤 넓었다. 옥상의 북쪽엔 조립식으로 지은 옥탑방이 하나 있었고, 나머지는 휑하니 열린 빈 공간이었다. 이곳은 내가 주로 혼자 앉아 담배를 피우는 공간이기도 했다. 뒤쪽으로는 비스듬히 기차역과 향교 지붕과 운류산이 보였고, 앞으로는 구시가지와 해안도로와 바다 일부가 보였다. 옥탑방 앞엔 오래되어 일부 색이 바랜 파라솔과 철제 의자들, 그리고 누워서 역기를 들 수 있게 짠 긴 나무 의자가 있었다. 이곳으로 내려왔던 초기에는 가끔 세 식구가 모여 앉아 바다를 내다보며 삼겹살을 구워 먹은 적이 있었지만, 이제 남편이나 정우가 평소 이곳까지 올라오는 일은 거의 없었다. 나는 의자에 앉아 맥주 캔을 천천히 비웠다.

가로등이 밝은 해안도로는 텅 비어 있었다.

해안도로에 갇힌 듯한 구시가지도 마찬가지였다. 스스로를 '비즈니스맨'이라고 불러서 온 도시에 비즈니스의 병균을 유포시킨 시장의 얼굴만이 '꿈의 도시' 대형 광고판 속에서 환한 조명을 받고 있었다. 한때는 유흥가로서 밤이 깊어도 사람들이 법석거렸을 구시가지의 포구 쪽도 빈 듯이 조용했다. 겨우 깜박거리는 몇몇 광고 간판이 오히려 을씨년스러워 보일 정도였다. 하늘엔 별이 총총했다.

나는 피우던 담배를 비벼 끄고 앉은 자리에서 일어섰다.

아니, 일어서려다 말고 본능적으로 얼른 허리를 굽혔다. 운류산 자락을 빠져나온 어떤 검은 그림자가 철로와 향교

옆구리를 지나 이내 버려진 잡초 사이로 재빨리 들어왔기 때문이었다. 두 사람이었다. 앞선 사람이 다른 사람을 강제로 끌고 가는 것 같았다. 한 사람은 끌려가지 않으려고 한사코 뒤로 버팀질을 했고, 그보다 큰 다른 사람은 다른 사람의 허리춤을 거머잡은 채 다부지게 끌고 가는 중이었다. 납치? 순간적으로 나는 생각했다. 한밤인 데다가 길도 없는 곳이었다. 가슴이 쿵쾅거리며 뛰었다. 끌고, 끌려가는 두 사람의 그림자는 어느새 줄 지어 선 냉동 창고 그늘로 접어들고 있었다.

나는 소리를 내지 않고 재빨리 층계를 내려왔다.

무엇을 어떻게 해보겠다든가 하는 구체적인 생각을 할 겨를도 없었다. 끌려가는 쪽에서 내는 게 분명해 보이는 낮은 비명 소리 같은 것이 들려왔다. 의외로 어린애의 목소리였다. 끌고 가는 사람이 우격다짐으로 입을 막았는지 비명 소리가 헉, 잦아들었다. 납치됐던 여자아이가 성폭력을 당한 채 주검으로 발견된 사건이 생긴 건 얼마 전이었다. 범인은 아직 검거되지 않았다. 납치가 틀림없어, 라고 나는 중얼거렸다. 감각은 예민하게 바깥 상황을 시시각각 수신했고, 손발은 거의 본능적으로 그 상황을 쫓아 나갔다. 그들을 쫓아, 허리춤 높이밖에 되지 않는 낮은 돌담을 소리 없이 타넘어 냉동 창고 그늘 속으로 들어갈 때까지, 내 몸은 거의 자동적으로 움직였다. 중학교 시절엔 단거리 선수 생활도 했고, 결혼하고 나선 요가를 10년 넘게 계속했으며 강사 자격증까지 갖고 있었다.

몸은 아직도 스무 살 때처럼 가볍고 민첩했다.

말라붙기 시작한 개망초들이 허리까지 닿았다. 냉동 창고들이 끝나는 지점에서 골목을 돌아들면 곧 조립식 건물들이 들어선 매립 지구가 나왔다. 앞선 두 사람의 그림자가 매립 지구로 들어가는 게 보였다. 쓰레기 소각장까지 연결된 해안도로가 코앞을 지나고 있었다. 조립식으로 지은 횟집들 앞길은 가로등도 군데군데 꺼져 희끄무레했다. 더러 차들이 주차해 있을 뿐 길은 텅 비어 있었다. 분명히 이곳으로 가는 걸 보고 뒤쫓아왔는데, 막상 매립 지구로 나오자 어디에도 움직이는 사람의 그림자가 없었다.

나는 잠시 숨을 헐떡이며 서 있었다.

끌려가는 아이가 더 이상 비명을 지르지 않은 것으로 보아 끌고 가는 사람은 무기가 될 만한 것을 지녔을지도 몰랐다. 최소한 끌고 간 방향이라도 알았으면 좋으련만 자취를 놓쳤으니 난감한 일이 아닐 수 없었다. 폐업한 횟집들이 많았다. 바다가 호리병처럼 들어온 곳이라, 토사가 자꾸 쌓이는 바람에 방파제를 조성해, 거의 저절로 얻은 땅이 구시가지의 매립 지구였다. 해안도로가 만들어지기 전까진 탁 트인 큰 바다가 잘 보이는 곳이라서 구시가지 포구를 둘러싼 횟집 거리보다 사람들이 더 많이 찾았다던 곳이다. 앞으로는 질 좋은 개펄이 이어져 있어 해산물도 많이 채취할 수 있었다고 했다. 하지만 바다를 가로지른 해안도로가 건설되고 나서부터는 개펄도 사라졌을 뿐 아니라 쓰레기만 날아다니는 버려진 동네가 되고 말았다. 낮에도 인적이 드물었다.

돌아가서 경찰에 신고를 할까.

나는 길가에 선 채 생각했다. 처음부터 그렇게 했어야 할 일이었다. 아니, 분명히 납치인지 어쩐지도 알 수 없었다. 아이의 목소리였으나 덩치로 미루어보면 꼭 아이가 아닐지도 몰랐다. 술에 취한 사람을 부축해 데려갔을 수도 있었다. 길 없는 냉동 창고 뒷길로 온 것도, 운류산에서 해안으로 오려면 그게 가장 빠른 방법이기 때문일 것이다. 더구나 미행해온 두 사람의 흔적을 완전히 놓친 참에, 뭐라고 신고를 할 것인가. 내가 너무 예민한 상태에 놓여 있었던가 보았다. 지난밤 잠을 자지 못한 데다가 맥주를 두 캔이나 다 마셨으니 그럴 만도 했다. 신고하면 경찰에선 오히려 나를 이상한 여자로 취급할 가능성이 많았다.

난감한 일이 아닐 수 없었다.

냉동 창고 그늘을 따라 왔던 길을 되짚어 갈 용기는 나지 않았다. 정해진 길도 없을뿐더러 캄캄한 곳이었다. 그런 길로, 그것도 정체불명의 사람을 정신없이 쫓아 나온 내가 한심했다. 내가 미쳤나 봐. 나는 생각했다. 택시도 물론 보이지 않았고, 지닌 돈도 없었다. 천상 길을 쫓아 집으로 가야 하는 방법밖에 없었다. 길을 따라가면 아주 빨리 걸어도 최소한 20분 이상 걸릴 거리였다. 비로소 두려움이 엄습했다.

어느 횟집의 2층 창이 밝아진 것은 바로 그때였다.

산을 등진 매립 지구의 맨 끝집이었다. 촛불을 켠 것인지, 희미한 불빛이었다. 나는 불 켜진 2층 창을 획, 돌아다보았다. 가로등이 바로 앞에 있었다. 가로등 불빛이 먼저 눈을 찌르고 달려들었다. 저절로 미간이 찌푸려졌다. 가로등 불빛이 정면으로 비쳐들어 그 너머의 2층 창이 잘 보이지 않았다. '동백횟집'이라는 녹슨 간판만이 겨우 보였다. 창 안에서 잠깐 사람의 그림자가 어른거리는 것 같았고, 누군가 잠시 아래를 내려다보고 있다는 느낌도 들었다. 그러나 그뿐이었다. 고개를 숙이고 가로등을 피해 옆으로 옮겨 섰을 때 창가에 어른거리던 그림자는 이미 사라지고 없었다. 아무런 인기척도 나지 않았다.

어서 빨리 집으로 돌아가는 수밖에 없었다.

여기까지 와본 것은 거의 처음이었다. 이곳으로 내려온 직후부터 이곳 매립 지구는 지금처럼 거의 버려진 상태였다. 해안도로는 자동차의 굉음으로 밤낮없이 붕붕거렸고, 쓰레기 소각장에서 뿜어내는 냄새가 매립지 일대를 덮고 있었다. 구시가지에서 회를 먹는다고 해도 구태여 쓰레기 소각장의 영향을 직접 받는 여기까지 올 사람은 없었다. 매립지가 끝나는 지점에서 왼편으로 돌아 빠지면 곧 구시가지의 메인 도로라 할 수 있는 2차선 도로가 나왔다. 구시가지의 중심로를 이루면서 황강을 넘어가는 옛날 다리로 이어지는 도로였다.

오래된 가로등들이 희끄무레 빛났다.

나는 뛰다시피 걸었다. 3시가 가까워지고 있었다. 한때는 2차선 도로도 비어 있기로는 마찬가지였다. 택시 한 대가 쏜살같이 지나간 뒤 나는 곧장 도로를 건넜다. 달리듯이 걸었다. 낡은 상가 건물들 앞을 지나고 동사무소를 지나갔다. 이마에 땀이 맺히기 시작했다. 다세대주택들이 밀집된 주택가가 나왔다. 조금만 더 가면 단골 슈퍼가 나올 터였다.

이제부터는 그래도 낯익은 길이었다.

셔터가 내려진 슈퍼 앞은 가로등이 고장 났는지 어두컴

컴컴했다. 나는 슈퍼를 끼고 돌아 왼쪽 골목으로 들어섰다. 차 한 대가 겨우 지날 만큼 비좁은 골목이었다. 구시가지 중에서도 가장 낙후한 변두리라고 할 수 있었다. 세탁소, 중국집, 미장원 앞을 차례로 지나갔다. 아니, 나는 미장원 앞에서 불현듯 멈추고 재빨리 뒤를 돌아다보았다. 뒤에서 누군가 쫓아오는 것 같은 느낌을 순간적으로 받았기 때문이었다.

어슴푸레한 길은 텅 비어 있었다.

미장원을 지난 뒤 우회전하는데 계속 발짝 소리가 따라왔다. 머리칼이 쭈뼛 곤두서고 가슴에서 방망이질 소리가 나는 것 같았다. 걸음을 더 빨리했다. 등 뒤의 발짝 소리도 빠르게 쫓아오고 있었다. 술에 취한 치한일지도 몰랐다. 파출소가 근처에 있다는 게 생각났지만 이미 지나친 다음이었다. 내가 멈추면 등 뒤의 인기척도 멈추고, 내가 빠르게 걸으면 미행자도 걸음을 빨리하는 듯했다. 금방이라도 누군가 뒷덜미를 잡아챌 것 같았으나 감히 돌아다볼 엄두도 나지 않았다. 나는 공포감을 참지 못하고 결국은 전력을 다해 뛰기 시작했다. 내 집으로 올라가는 골목 어귀의 불빛이 보였다. 땀이 비 오듯 했다.

간신히 대문 앞에 도착해 비로소 뒤를 돌아다보았다.

야트막한 경사로인 골목길엔 아무런 움직임도 없었다. 고개가 저절로 갸웃해졌다. 착각이었나. 나는 울타리를 돌아 뒤란의 돌담을 넘어 안으로 들어갔다. 거의 무너진 돌담이었다. 남편과 상의해 뒤란에 블록 담장이라도 쳐야 할 것 같았다.

"뒤란에, 블록으로 담장을 쳤으면 좋겠어."

아침상머리에서 내가 말했다. "돌담이 보기 좋다고 말한 건 당신이었잖아." 남편이 힘없이 웃었다. "돌담, 다 무너지다시피 했는걸. 아무나 넘어다닐 정도인데 뭐." "당신 뜻대로 해." 더 이상 대꾸할 마음이 나지 않았다. 이곳으로 내려온 뒤 남편은 매양 이런 식이었다. "당신 뜻대로 해"라는 말이 모든 일에 대한 남편의 처리 방식이었다. 직장에 갔다 오는 것을 제외하곤 집안일이든 바깥일이든 아무것에도 관심이 없었다.

젊은 날의 남편은 자기 주관이 뚜렷했던 사람이었다.

처음 만난 것은 여고 3학년 때였다. 그는 그때 고시 준비 중인 대학 졸업반이었다. 야간 자율학습을 끝내고 학교 후문으로 나오는데 젊은 청년이 터진 입술을 훔치면서 비틀거리고 있었다. 학생 몇 명이 담배를 피운 뒤 담배꽁초를 함부로 버리는 걸 보고 야단을 치다가 고등학생들한테 두들겨 맞았다는 말은 나중에 들었다. 흐르는 피를 손등으로 훔치는 걸 보고 손수건을 건넨 것이 인연의 시작이었다. 그는 그 무렵 그곳에서 가까운 고시원에 들어 있었다. "손수건이 이래서 어떡해?" 피에 젖은 손수건을 들여다보며 그가 말했다. "괜찮아요. 그 손수건 가지세요." 나는 선선히 말하고 뒤돌아섰다.

그를 다시 만난 것은 다음 날 그맘때였다.

후문 앞에 그가 서 있었다. "어젠 너무 고마웠어." 그가 손수건을 내밀어주었는데 두 장이었다. 한 상은 피를 닦았던 내 손수건을 깨끗이 빤 것이었고, 다른 한 장은 고마운 인사로 내게 선물하려고 새로 산 것이었다. "나는 서민영이야. 민첩할 민, 길 영." 그가 자기소개를 했다.

고시원에 들어 있다는 것도 그날 알았다.

그가 들어 있는 방은 후문에서 50여 미터밖에 떨어져 있지 않은 고시원 북쪽 방이었다. 창 아래로 내가 다니는 학교의 후문이 환히 내다보였다. 후문 옆엔 커다란 이팝나무 한 그루가 서 있었다. 하교할 때, 이팝나무 그늘을 빠져나오면 창가에 서서 손을 흔들고 있는 그가 보였다. 후문을 이용하는 애들이 적어서 혼자 버스 정류장까지 가는 날도 많았다. 내가 혼자라는 걸 확인하면 고양이처럼 재빨리 내려와 버스 정류장 앞까지 동행해주곤 했다.

"부담 느끼지 마. 운동 겸 산책하러 나온 거니까."

웃을 때 드러나는 희고 가지런한 앞니가 맑아서 좋았다.

본격적으로 연인의 관계가 된 것은 내가 대학에 들어간 후였다. 그는 계속 고시원에 눌러앉았다. 광주민주화운동에 대한 진상 규명을 요구하는 데모가 늘 벌어지고 국가보안법으로 구속되는 사람이 여전히 줄지 않는 불온한 시절이었다. 수많은 학생과 수많은 노동운동가들이 상시적으로 구속되었다. 그는 '인권 변호사'가 되겠다고 했다. '인권 변호사'라는 말에 나는 전율했다. 진실을 밝히는 일이라면 무슨 일이든 마다하지 않는 게 젊은 대학생의 자랑스런 특권이라고 생각한 적도 있었다. 나는 사진을 전공하는 대학생이 되었다. 사진은 거짓이 없었다. 내게 대학이란 진실과 거짓이 뒤섞인 미지의 세계로 힘 있게 나아가는 신작로와 같았다. 밀림 속의 오지를 누비거나 전쟁이 벌어지는 극한상황을 내달리는 다큐 사진작가가 되는 것이 그 무렵의 내 꿈이었다. 진실을 찍어내는 사진작가의 길이 내 앞에 있었다.

꿈은 그러나 이루어지지 않았다.

아버지가 사업에 실패해 강에 투신한 청천벽력 같은 사건이 닥친 것은 대학 2년을 막 마칠 무렵이었다. 동생은 고등학교 2학년이었고 어머니는 거의 실어증 상태가 되었다. 집과 가재도구는 빚쟁이한테 넘어갔으며, 우리 가족의 삶은 단칸 사글세 지하방으로 전락했다. 졸지에 내가 가장이 되었다. 꿈을 접었다. 대학은 당연히 자퇴했고, 어느 신용금고 회사에 비정규 사원으로 간신히 입사했다. 주말에만 그를 만났다. 고시에 자꾸 떨어지는 그이를 위해 내가 할 수 있는 일은 겨우 용돈을 보태는 일이었다. 그라도 '인권 변호사'의 꿈을 접지 않기를 나는 강력히 바랐다. 그는 자신이 비겁자에 불과하다면서, 내가 생활전선에서 뛰고 있을 때 육법전서나 읽고 있는 자기를 때로 경멸했다. 이별을 선언해온 적도 있었다. 어머니가 돌아가신 직후였다. 나는 많이 울었고, 그는 얼마 후 다시 내게 돌아왔다. 그의 부모님들 성화에 못 이겨 서둘러 결혼을 한 것은 내 나이 스물네 살 때였다. 돈은 내가 벌 테니 고시 공부를 계속하라고 나는 여전히 그에게 졸랐다. 빠르고 부지런한 사람이니 언젠가 반드시 꿈을 이룰 거라 믿었기 때문이었다. 하지만 사는 일은 뜻대로 되지 않았다. 그가 '인권 변호사'의 꿈을 완전히 접는 데는 10년이라는 긴 시간이 필요했다.

그때에 비해, 지금의 그는 때로 낯설기 그지없었다.

특히 이곳 ㅁ시로 내려온 다음부터 그는 삶에 대한 모든 끈을 다 놓은 것 같았다. 집안일에도 관심이 전무했으며, 마당에 꽃나무 하나 심으려 하지 않았다. 정우의 생활이나 성적에도 시종일관 무관심했다. 과외비가 얼마나 드는가도 묻지 않았고, 그 돈을 어떻게 충당하는지 알려고 드는 법도 없었다. 전구를 갈아 끼우는 것조차 오로지 내 일이었다. 그가 사는 방법은 "당신 뜻대로 해" 그 한 가지뿐이었다.

식사가 끝난 뒤 나는 부자를 신시가지까지 데려다주었다.

정우를 신시가지의 중학교에 다니게 한 것도 물론 내 결정이었다. 구시가지에도 중학교가 두 군데나 있었지만 시설이나 수준에서 신시가지의 중학교와는 비교도 되지 않았다. 단지 실력 차만 문제가 되는 것은 아니었다. 이 나라는 학연과 지연으로 맺어져 굴러가는 나라라고 나는 생각했다. 남자의 인생은 어떤 사람들과 어떻게 맺어지느냐에 따라서 그 향방이 뒤바뀌었고, 여자의 인생은 어떤 남자를 만나느냐 하는 데 따라 그 성패가 결판나는 세상이었다. 옛날에 비해 세계는 너무도 많이 달라졌다. 차라리 독재의 그늘에 덮여 있던 시대가 나았다고 생각한 적도 많았다. 이제 세상의 주인은 '자본'이고, 삶의 유일한 전략은 '비즈니스'다.

사랑과 결혼조차 일종의 '비즈니스'에 불과했다.

자본의 압제는 그 경계마저 불분명하니, 화염병을 들고

나간다고 해도 던질 데가 없었다. 간교하고도 잔인한 독재자인 자본의 품 안에서 사람들은 단지 실패한 자와 성공한 자, 두 종류만으로 구별됐다. 교육도 일종의 '비즈니스'라고 사람들은 말했다. 사실이었다. 백그라운드가 없는바, 정우를 성공시키려면 학연으로 맺어질 인맥도 미리 고려해야 했다. 실패한 자들이나 남아 있는 구시가지에서 학교를 다닌다면 무엇보다 성공한 집안의 아이들을 친구 삼을 기회가 전혀 없을 게 뻔했다. 가짜로 주민등록을 옮기면서까지 정우를 신시가지 중심가의 학교로 보낸 것은 공부도 공부려니와, 그 때문이었다. "당신, 잔 다르크 같아." 남편은 그 한마디뿐이었다. 조소를 한다고 느꼈지만 나는 상관하지 않았다. 조소는 실패한 자들이 둘러쓴 비열한 자기방어 수단이었다. 비록 실패해 고향으로 내려왔다고 해도, 아이 하나 있는 것을 남편이나 나처럼 살게 할 수는 없었다.

구름이 몰려들더니 기어코 비가 내리기 시작했다.

나는 일단 집으로 다시 돌아와 설거지를 한 뒤 컴퓨터 앞에 앉았다. '터미네이터'와의 약속이 정오에 잡혔으니 아직 시간 여유가 있었다. 나의 '비즈니스'는 비밀스럽게 진행되는 일이었고, 그것으로 번 돈은 정우를 성공한 자로 키우려는 보다 큰 '비즈니스'에 거의 전부 투자됐다. 전화벨이 울렸다. 주리였다.

"이따 스튜디오에 좀 들르라구. 할 말도 있고."

주리가 다짜고짜 말했다.

주리는 바다가 내다보이는 신시가지 오피스텔 하나를 분양받아 스튜디오로 쓰고 있었다. 서울에도 작업실이 있는지라 말만 스튜디오지 별로 할 일은 없는 공간이었다. 그래도 분양받고 나서 오피스텔 값이 벌써 두 배로 뛰었다고 했다. 돈이 있으면 돈은 저절로 불어났다. 모든 방면에서 그녀는 탁월한 비즈니스 감각을 갖고 있었다. "비즈니스란 요컨대 정확한 정보와 동물 같은 감각이야. 거기에 신속하면서도 단호한 배팅력이 보태지면 돼." 그녀는 말했다. 그녀 이외에도 신시가지를 개발할 때 부동산에 투자해 떼돈을 번 사람들이 많았다. 그들은 경기가 좋든 말든 아무 상관도 없었다. 주말이면 서울까지 올라가 명품들을 사들이거나 골프채를 들고 동남아로 떠났다. 쇼핑과 레저가 그들이 사는 방식이었다. 신시가지 중심가에도 명품을 취급하는 백화점들이 속속 들어섰다. 소비력에서 ㅁ시 신시가지는 아마 서울 다음일 것이라고 말하는 사람들이 많이 있었다.

새로 들어온 메일들이 떴다.

그중에는 얼마 전에 만났던 '옐로'도 섞여 있었다. '옐로'

는 그날 데려다주지 못해 미안했다고 쓰고 나서, 언제든 약속을 다시 잡고 싶다고 썼다. 매너가 좋은 사람이었다. 시간은 필요한 대로 맞출 수 있다고 했다. ㅍ시 외곽에 있는 모텔 욕조에 앉아 바라보던 바다 생각이 났다. 절정에서 '여보'라고 불렀던 목소리와, 어딘지 모르게 빈 듯한 그의 눈빛도 떠올랐다. 어둠을 밀어내며 솟아 있던 등뼈도. 어쩌면 최근에 상처를 했는지도 모를 일이었다. 정우를 학원에 데려다준 뒤에 '옐로'를 상대할 수도 있겠지만, 하루에 두 타임 일하는 것은 나의 원칙에 맞지 않았다. 나는 다음 날 정오 지난번 만났던 곳에서 만나자고 '옐로'에게 답신을 띄웠다. 하루 한 번 이상은 약속을 잡지 않는다는 것, 고객의 숙소로는 따라가지 않는다는 것, 한 사람을 세 번 이상 만나지 않는다는 것 등이 내 '비즈니스'의 원칙이었다. 감정을 별로 드러내지 않더니, 나와의 관계가 그래도 좋았던가 보았다.

빗방울이 점점 굵어지고 있었다.

나는 남색 블라우스 위에 트렌치코트를 걸치고 새로 맞춰 온 안경을 썼다. 변장까진 할 수 없으나 사람에 따라 인상착의를 비롯해 전체적인 분위기를 다르게 해서 만나려고 나는 세심한 신경을 썼다. 안경을 쓰고 만난 사람은 꼭 안경을 쓰고 만나고 머리를 묶고 만난 사람은 꼭 머리를 묶고 만나는 식이었다. 화대(花代)를 정해놓았으나 사람만 좋다면 뭐 상관없었다. 고객들은 닳아빠진 화류계 냄새가 내게선 나지 않는다고 했다. "그냥, 아마추어지?" 터미네이터도 그렇게 말했다. 터미네이터는, 자신의 말에 따르면 50대 초반의 대학교수였다. 삽입한 상태에서 시간을 끌기 위해 담배를 피우는 사람이었다. "솔직히 싸고 나면 무지 허무하거든." 그는 오늘로 세번째였다.

나는 곧 차를 몰고 나왔다.

해안도로로 접어드는데 이틀 전인가, 무엇에 홀린 듯 검은 그림자를 쫓아갔던 매립 지구가 생각났다. 내가 미쳤지, 그 밤에 겁도 없이 거기까지 쫓아가다니. 일이 일찍 끝나면 그곳에 다시 한 번 가보고 싶었다. 마지막으로 보았던 '동백횟집'의 낡은 간판이 눈앞에 잠깐 흘러갔다. 해안도로로 진입하는데 매립지 일대의 횟집들과 언덕 너머, 쓰레기 소각장의 높은 굴뚝이 백미러에 들어왔다. 멀리서 천둥이 치고 있었다. 성급히 물든 나뭇잎들이 우수수 바람에 날렸다. 바야흐로 가을이 조금씩 깊어지고 있었다.

천둥소리에 따라 암회색 바다가 한 뼘쯤 가라앉았다.

모차르트의 바이올린협주곡이 방 안 가득 흘렀다.

'터미네이터'를 만났다가 헤어지고 나서 곧장 그녀의 오피스텔에 들어선 길이었다. 주리의 복층 구조로 된 오피스텔은 12층으로서 시야가 탁 트여 있었다. 2층은 작업실 겸 누워 쉴 수 있는 침대가 있었고 아래층은 거실 형태였다. 말이 작업실이지 2층의 중요한 용도는 사진 작업이 아니었다. 낮에 남자들과 정사를 나눌 때 그녀는 주로 2층 작업실을 이용했다. 히말라야에서 재배한 커피라면서 그녀가 머그잔 가득 커피를 따라주었다.

"요즘 네 비즈니스는 어떠니."

"뭐, 개점휴업 상태야."

그녀가 담담히 묻고 내가 짐짓 심드렁하게 대답했다.

애당초 지금 내게 '비즈니스'를 가르치고 입문하게 도와준 사람은 바로 그녀였다. 그녀는 사진과를 졸업하고 여성 잡지 사진기자를 하다가 지금의 남편을 만났다. 남편은 대구에서 섬유업으로 크게 성공한 집의 셋째 아들로서 경제적으로는 준재벌급이었다. 결혼하고 아이를 낳으면서 그녀는 곧 사진기자를 그만두었다. 원래 사진에 욕심도 없던 애였다. 환경으로 보면 그녀는 홀어머니 밑에서 나보다 더 가난하게 자랐다. 대학을 졸업할 수 있었던 것은 대학 때부터 이미 돈 많은 남자의 정부 노릇을 했기 때문이었다. 자신의 정부를, 그녀는 언제나 '스폰서'라고 불렀다. 그녀는 키가 1미터 76센티미터나 됐고 허리가 잘록했으며, 가슴도 D컵 사이즈를 사용했다.

언제나 남자들이 줄줄 따랐다.

사진기자가 된 것도 사진을 위해서가 아니라 상류사회의 남자들을 더 만나기 위해서였다. 서른이 넘을 때까지 아무리 가난한 남자라도 사랑하는 사람 있으면 행복해질 수 있다고 굳게 믿었던 나와 달리, 그녀는 대학 시절부터 이미 '사랑'조차 자본주의의 요람에 들어가 있다는 걸 알고 있었다. 자본의 세계에선 당연히 사랑도 자본재(資本財)였다. 남자들을 통해 삶을 수직이동 시키고자 했던 그녀의 전략은 주도면밀했고 끈질겼으며, 마침내 성공했다. 시댁에서 생일 선물로 BMW 5 시리즈를 사줬을 정도였다. 시댁에서는 사진작가로 행세해서 친정의 불민함을 커버했다. 사진전도 가끔 열었고 엉터리 공모에서 수상하기도 했다. "돈 많은 속물 꼴통들한테 멸시당하지 않으려면 내 입장에서 문화예술 밖에 없거든." 그녀가 말하는 '속물 꼴통'들은 시아버지를 비롯한 시댁 식구들을 가리키는 말이었다.

1년 전 어느 날이었다.

오피스텔에 오라고 해서 들렀더니, 어떤 남자가 그녀와 함께 커피를 마시고 있다가 나갔다. 그녀를 통해 두번째 보는 남자였다. 요즘 웬만한 기혼자도 돈 있으면 남자친구 하나 둘쯤 둔다는 말은 익히 들었던 터라, 으레 그러려니 여겼다.

"저 남자 어떠니."

남자가 나가고 그녀가 물었다.

"네 남친인데 나한테 뭘 물어?" 내가 대꾸했고 "남친은 무슨. 괜찮은 남자야. 프랜차이즈 사업을 하는데 서울에만 가게가 다섯 개나 돼." 그녀가 대답했다. 더욱 놀란 것은 그 다음의 말이었다. "근데 저 친구가 글쎄, 너하고 셋이서 한 번 하고 싶대." "뭐?" "얘가 왜 이렇게 소리를 질러, 촌스럽게. 너하고, 나하고, 셋이서 섹스하고 싶다는 거야. 그 사람이. 그게 안 된다면 너하고만 따로 해도 좋다면서." "그게 말이 되니. 네 남친이면서." 내가 얼굴이 벌게져서 소리쳤다. "자꾸 남친이라네, 얘가. 남친이라고 해도 그래. 그게 뭔데? 우리 또래쯤 되면 섹스 파트너가 남친이야. 단지 즐기는 관계뿐이라구. 상대편을 소유하고 싶다면 당연히 결혼을 해야겠지. 나는 우리 허즈번드까지도 바람피우는 거 상관 안 해. 하물며 남친이라면 더 그렇지. 네 형편이 좋지 않다고 해줬으니까 섭섭하지 않게 보상할 거야. 답답하게 펄쩍 뛰지만 말고 생각해봐."

나는 물론 화를 내고 집으로 돌아왔다.

대학 때 나는 자퇴하기까지의 2년여를 오로지 주리하고만 지냈다. 오티(Orientation)에서 처음 만나 한방을 쓰게 된 게 인연의 시초였다. 성격은 달랐으나 학교생활에 대해 비판적이라거나, 서로의 프라이버시를 잘 지켜준다거나, 등록금을 스스로 해결해나가야 한다는 점에서 너무도 잘 맞았다. 우정은 깊어졌다. 2학년에 올라가면서 주리는 등록금을 대주는 중년 남자가 있다는 말도 스스럼없이 했다. 놀랐지만 이해할 수 있었다. 그때도 그녀는 필요하면 내게 '스폰서'를 구해줄 수 있다고 제안했다. 나는 거절했고, 주리는 내 거절을 섭섭하지 않게 받아들였다.

학교를 떠나고 나선 물론 자주 만날 수 없었다.

길은 많이 달랐다. 나는 그사이 계속 가난 때문에 고통받았고 주리는 부잣집으로 시집가서 돈 많은 시댁 식구들의 속물적인 오만과 거드름에 상처받았다. 서로의 '상처'를 우리는 잘 알고 있었다. 우연히 주리의 남편이 ㅁ시 지사장으로 내려오면서부터 우리는 거의 매일 만나다시피 했다. 예전의 우정은 금방 회복됐다. 그녀에게 돈이 넘치고 내게 돈이 늘 부족하다는 것만이 다른 점이었는데, 그 정도의 차이는 우리에게 아무 문제가 되지 않았다. 내가 찻값이라도 한

번 내려고 하면 그녀는 언제나 눈을 흘기며 말렸다. 그녀가 입던 옷을 스스럼없이 가져다 입기도 했다. 그녀는 내 형편을 속속들이 알고 있었다. 그녀의 세계관으로 보면, '스폰서' 노릇을 해줄 만한 남자와 만나라고 내게 권한 것은 하나도 이상할 게 없는 일이었다. 대학 때부터 '스폰서'를 구해준다고 제의해왔던 그녀가 아닌가.

그녀는 그 시절로부터 변한 게 없었다.

남자란, 남편조차도 그녀에겐 스폰서요 비즈니스 상대였을 뿐이니까. "스폰서가 돼주는 관계라고 해서 아무 사랑도 없는 무미건조한 것만은 아냐, 얘. 그럼 재미없어 어떻게 살겠니. 거기에도 나름 사랑도 있고 희로애락도 있어." 그녀는 말했다. "세상에서 말하는 도덕이란 누구나 볼 수 있는 데 걸어놓는 문패 같은 거야. 문패는, 지금 걸던 대로 걸어. 그 대신 남몰래 돈 벌어 정우 뒷바라지라도 잘해. 요즘 애들이 진짜 싫어하고 혐오하는 부모는 실패한 부모야. 아이 뒷바라지 못해주는 부모 말야. 나중에 정우가 좋은 대학도 못 가고, 그래서 별 볼 일 없는 인생을 살게 되었을 때, 엄마는 내게 무엇을 주었느냐고 너한테 물으면 뭐라고 할래? 과외조차 안 시키고 외국어고 갈 것 같아? 어림없어, 얘. 신시가지 아파트 사는 애들은 주말이면 서울에 있는 영어 학교까지 엄마들이 실어 나르고 있어. 넌 정숙한 좋은 어머니상(像)이니, 그걸 계속 네 문패로 사용해. 그 대신 눈 질끈 감고 다른 각도로 세상을 봐. 처음만 지나면 모든 게 쉬워져. 정우를 네 신랑처럼 살게 하지 않으려면 무슨 일인들 못 하겠니. 자식을 두곤 결과적으로 남는 장사를 해야 한다 그거야. 안 그러면 너, 정우한테 나중에 원망받아!"

그것이 바로 새로운 인생의 발화 지점이 되었다.

처음 그녀의 제안을 받았을 때는 모욕감까지 느꼈으나, 며칠 지나지 않아 모욕감은 흐지부지해졌다. '실패한 정우한테 나중에 원망받는다'는 논리만이 시간이 지날수록 더욱 강력하게 가슴에 남았다. 그녀의 말은 틀린 데가 하나도 없었다. 나는 한 주일쯤 지나 결국 주리의 제안을 수락하고 말았다. 모르는 사람보다 자신이 이미 관계 맺은 사람이니 오히려 믿을 수 있다는 주리의 말도 듣다 보니 솔깃해졌다. "섹스가 샤워 한번 하는 것하고 뭐 그리 다르겠니." 그녀는 계속 말했다. "나는 사랑이라는 거, 안 믿어. 오르가슴에 오를 때 순간적으로 이것이 사랑인가 착각할 뿐야. 개망나니인 우리 오빠도 돈 있는 내게 와서는 양순한 어린애가 돼. 옛날에 내 머리끄덩이를 잡고 심지어 엄마한테 손찌검까지 한 인간 망종이 그래. 고정관념을 지워버려. 아직도 이쁘고

날씬한 네가 재산이야."

주리는 진정을 다해 설득했고 회유했다.

프랜차이즈 사업을 한다는 남자는 그 무렵 ㅁ시에도 가게를 낼 요량으로 뻔질나게 내려왔다. 매너가 좋았다. 함께 식사를 하고 술도 했다. 그녀에게 무슨 말을 들었는지 남자는 조금도 서둘지 않았다. 그녀와 셋이서 밥을 먹으러 다닌 적도 있었다. "나와 달리, 네가 아담한 사이즈라서 좋대." 그녀는 일러주었다. 첫 관계는 그녀의 오피스텔에서 했다. 떨리고 무서웠으나 막상 끝나고 나니까 허망할 정도로 쉬웠다. 샤워를 하고 거리로 나오자 아무 일도 없었던 것 같았다. ㅁ시에 내려올 때마다 남자는 그녀 대신 나를 찾았고, 섹스가 끝나면 넉넉한 돈을 슬쩍 내 핸드백에 넣어주었다. 그러나 프랜차이즈 사업을 하지 않기로 결정하고 나서 남자는 자연스럽게 더 이상 오지 않게 되었다. 그 대신 남자가 새끼 친 또 다른 남자가 내려왔다.

물론 심리적 고통이 전혀 없었다고 할 수는 없었다.

남자와 처음 관계 맺고 돌아온 날엔 옥상에서 소주를 두병이나 마시고 울었다. 쉬운 일이라고 생각하면서도, 한편에선 내 자신이 끔찍했다. 며칠 동안 주리의 오피스텔에 찾아갈 수도 없었다. 하지만 며칠뿐이었다. 두번째로 남자와 관계를 맺은 날 저녁엔 주리까지 불러 셋이서 저녁을 먹었다. "이거 질투 나려고 하네. 두 사람, 넘 잘 어울려서." 주리가 놀렸다.

모든 것은 그렇게, 금방 익숙해졌다.

정우를 원하여 마지않던 좋은 학원에 보냈으며, 투자한 보람이 있어 성적은 금방 올랐다. 뿌듯하고 행복했다. 이대로 가면 외국어고등학교를 쉽게 보낼 터이고, 외국어고등학교만 가면 서울대학교도 쉽게 입학할 수 있을 터였다. 대학이 평생의 운명을 결정짓는 세상이었다. 작은 수고로 정우의 '성공'을 보장받는다면 윤리적으로도 꼭 나쁠 게 없지 않은가, 생각할 때도 있었다. 오늘날의 윤리란 효용성의 보장을 받아야 하는 것이라고, 스스로를 위로하기도 했다. '고객'들을 상대하면서 알게 된 새로운 사실은 이 도시에 몸을 팔아 자식의 과외비를 대는 게 나 하나만이 아니라는 것이었다. 30대 초반의 젊은 어머니도 '매춘'에 뛰어든 걸 보았다는 '고객'이 있었다. 운이 좋았던 것인지 모르지만 상대하기 까다로운 '고객'은 별로 없었다. 주리가 구해 연결해준 남자도 많았다. 나는 그 남자들과 그녀의 관계 따위는 묻지 않았다. 물을 필요도 없었다. 그녀 또한 인터넷을 통해 만나 남자들과 관계 맺으면서 때론 '비즈니스'를 빙자했다는 것을 알게 된 건 얼마 후였다.

"돈을 주고받으면, 피차 사무적 관계가 되어 편하거든."

그녀는 당당히 말했다.

내가 돈을 위해 진짜로 '비즈니스'를 한다면, 그녀는 '쾌
락'을 위해서 비즈니스를 빙자했다. 그녀는 타고난 낙관성
으로 무슨 일이든지 명쾌하게 처리했고 가볍게 지나쳤다.
얼마 가지 않아 나 또한 자의식의 얼룩에 방해받지 않고
'비즈니스'를 할 수 있게 되었다. 나는 머지않아 내 잠재적
역량을 발휘하게 되었고 자연스럽게 그녀로부터 독립했다.
이제 그녀를 통하지 않고도 안전하고 괜찮은 나의 '고객'들
을 조달할 수 있었다.

"얘는, 경기 좋다면 뭐 수수료라도 뜯어갈까 봐 겁내는 표
정이네."

주리가 엠프에 시디를 바꿔 넣으면서 말했다.

"수수료는 무슨. 너로부터 독립한 게 언젠데."

"까불지 마. 독립했어도 여전히 나는 네 매니저야. 요즘
뭐 재미나는 자는 없었어? 아주 이상한 놈을 만났다든가?"

"사정하면서 여보라고 부르는 인간을 만났어."

"어머, 그놈 진짜 변태네. 엄마나 누나를 찾는 놈은 봤어

도 그거 하면서 마누라 찾는 놈은 못 봤는데. 그런 놈이 후훗, 왜 딴 여자를 찾누.”

“그보다 할 말 있다고 했잖아?”

“나, 사실은…… 이혼할까 하고…….”

이혼이라니. 나는 놀라서 그녀를 똑바로 보았다.

그녀가 내 시선을 피해 커피를 더 가져오려고 커피포트 쪽으로 갔다. 새로 갈아 넣은 시디는 베토벤이었다. 곡명은 생각나지 않았다. 바람같이 달려가는 선율이 비등점에 오르고 있었다. 연애 시절 남편과 자주 가던 카페에서 듣던 곡이 확실했다. 슬픈 팝이나 재즈를 좋아하던 나와 달리 남편은 그 시절 주로 고전음악만을 들었다. 그가 일찍이 꿈꾸던 인생은 클래식 음악처럼 품격 있게 잘 짜인 삶이었다. 한 소절의 대중음악 속에 깃든 퇴행적이거나 파토스적인 감상은 비천한 것이라고 그는 말했다. 가끔 합석했던 주리도 그의 말에 기꺼이 동의했다. 셋이 있을 때면 나만이 감상적이고 감정적인 것 같아 콤플렉스처럼 느낄 때도 있었다.

“이혼이라니, 왜?”

“남편에게도 여자가 있고 내게도 남자가 있거든.”

“남자? 남자는 항상 있었잖아. 믿을 건 돈밖에 없다고 말한 건 너였어. 니 남편보다 혹시 돈이 더 많은 남자야?”

"그런 식으로 말하지 마. 가난하지만 좋은 남자야."

그런 말이 주리에게서 나오다니, 정말 뜻밖이었다.

사랑 따위는 믿지 않는다면서? 나는 그렇게 반문하려다가 입을 꾹 다물었다. 그녀의 눈에 습기가 드리운다 생각했는데 이내 눈물이 주르륵 흘러내렸기 때문이었다. 이것은 단 한 번도 예상하지 못한 돌연변이식 상황이었다. 사랑조차 알고 보면 '비즈니스'에 불과하다고, 스무 살부터 일관되게 주장해온 그녀가 아니었던가. 어떻게 그녀에게 이런 일이 벌어질 수 있단 말인가. 사태는 아주 심각했다. 그녀의 고백에 따르면 상대편은 그녀보다 무려 아홉 살이나 어린 서른 살 남자였다. 군대를 다녀와서 대학 3학년으로 복학한 직후, 호스트바에서 처음 만나, 이른바 그녀가 자원해 '스폰서'가 돼준 남자라고 했다. 그녀는 대학을 졸업할 때까지 남자에게 용돈과 등록금을 대주었다. 한 달에 한 번쯤 만나서 섹스 파트너가 돼주는 것의 대가였다.

"어쩌면……."

기가 막혀서 말이 안 나왔다.

남자의 '스폰서' 노릇을 하고 있을 때의 그녀는 결혼하고 7년차였다. 아들이 막 초등학교에 입학할 무렵이었다. 그 무렵이야 그녀를 거의 만나지 않고 살던 시절이니까 그녀의 생활이 어땠는지 짐작할 수 없지만, 놀라운 고백이 아닐 수 없었다. 그녀는 사는 게 너무도 무료해 가끔 호스트바에 갔던 모양이었다. 아니, 무료해서가 아니라 맺히고 쌓인 것이 많아 풀어내지 않으면 죽을 것 같았었다고, 그녀는 고백했다. 애당초 사랑하지도 않는 남자와 결혼했으니 응당 그랬을 터였다.

"너도 알다시피 내 친정 뭐 있니."

눈물을 훔치며 그녀는 말했다.

"결혼도 시부모 반대를 무릅쓰고 한 거였어. 시댁에서 받은 모멸, 말도 못 해."

"네가 원한 길이었잖아?"

내 야박한 지적에 그녀가 다시 울기 시작했다.

"한 달에 한 번 가족 모임이 있는데, 내가 정식으로 참석할 수 있었던 것도 아이가 초등학교 들어간 다음이었어. 입고 갈 옷까지 시어머니가 지정해주는 대로 입어야 해. 따로 산다지만 가구 하나 들여놓는 것도 마찬가지야. 그 집에선 늘 숨이 턱턱 막히고 생살이 마르는 기분이야. 너는 상상도 못 할 거야. 내가 어떻게 견뎌왔겠어?"

"……"

대답하지 않았으나 그녀의 말에 동의한 것은 아니었다.

프란시스 베이컨은 일찍이 '돈은 최선의 종이요, 최악의 주인이다'라고 말했다. 그 잠언이 갑자기 떠올랐다. 사진예술의 조류를 설명하던 노교수가, 현대에 들어와서 사진예술은 완전히 자본의 감옥에 들어가고 남은 것은 사진을 빙자한 산업뿐이라고 설파하면서 인용했던 잠언이었다. 자본의 감옥에 들어간 것이 어디 사진예술뿐이겠는가. 정치가 들어가고 문화가 들어가고 사람들의 꿈과 이상도 다 그곳에 들어갔다. 눈앞에서 울고 있는 그녀도 일찍부터 그 감옥에 들어갔으며, 나 또한 이제 그 감옥에 수감되었다.

　그러므로 그 모든 것은 주리의 자업자득이었다.

　돈으로 젊은 대학생 남자까지 사서 '최선의 종'으로 부렸다면, 시댁에 가 '최악의 주인'을 굴욕적으로 섬기는 것은 너무도 당연한 일이었다. 한편에서 섬기고 한편에선 군림하면서, 그 대차대조표를 작성하는 일이 인생이라고 말한 것은 애당초 내가 아니라 그녀였다. 그래서 나는 울고 있는 그녀에게 아무런 연민도 느낄 수 없었다. 스폰서를 했던 그 대학생 남자를 다시 만난 것은 불과 6개월 전이라고 했다. "어떤 전시회에 갔다가 만났어. 걔가 회화과를 다녔거든. 시간이 남아 어느 그룹전에 들렀는데, 그 애가 그림을 출품하고 거기 있더라구."

그다음은 들으나 마나였다.

예고 없는, 폭풍 같은 사랑에 휘말린 모양이었다. 평생 가난뱅이로 살아온 것에 대한 앙갚음을 위해서 '비즈니스' 정신으로 일관되게 생(生)을 지켜온 그녀가, 이제 가난을 채우고 나자 긴장이 쑥 빠져, 자신이 늘 경계해 마지않던, 폭풍 같은 파토스적 감정을 끝내 제어하지 못한 것이었다. 그녀가 신봉하는 '비즈니스' 수칙으로 볼 때, 그것은 수렁으로 빨려들어가는 지름길이 아닐 수 없었다. 충고를 바란다면, 내가 해줄 말은 그게 전부였다. 연민보다 차라리 마음껏 그녀를 비웃어주고 싶었다.

"남편도 애인이 있어."

점입가경, 그녀가 덧붙여 설명했다.

남편의 애인은 동종 업종의 여자로서 서른세 살 된 골드 미스였다. 자신이 만나본 적도 있다고 그녀는 말했다. "아주 방자한 애야. 남편을 사랑하고 있다고 내 앞에서 말했을 정도니까." 나는 여전히 침묵하고 있었다. 먼 데에서 천둥 치는 소리가 들렸다. 비가 하루 종일 내릴 모양이었다. 애당초 남편에게 여자가 있든 없든 상관없다고 말한 것 역시 그녀였다. 그녀는 자신의 결정을 정당화하기 위해 남편의 여자를 더 적극적으로 끌어들여 설명하고 싶은 것 같았다.

5시가 넘어가고 있었다.

정우를 픽업해 학원으로 데려가려면 곧 일어서야 할 시각이었다. 나는 힐끗 시계를 보는 체했다. 그녀가 때맞추어 코를 팽하고 풀었다. "생각해보니…… 나는 평생…… 한 번도 사랑을 해보지 않았어……." 그녀가 중얼거리듯 말했다. 이미 다 알고 있는 일이었다. 눈물 때문에 마스카라가 얼룩지고 인조 속눈썹이 반쯤 떨어져 눈두덩에 걸려 있었다. 눈물 젖은 그녀는 나이보다 훨씬 더 늙어 보였다. 인생의 본문이 마흔까지라고 말한 건 쇼펜하우어였던가. 이제 그녀는 곧 마흔 살, 서른 살 남자와 사랑의 이름으로 모험을 하기엔 너무 늦은 나이가 아닌가. 비로소 가슴이 찢어지게 아팠다. 나는 일어나서 그녀를 와락 끌어당겨 가슴에 깊이 안았다.

그녀가 다시 울기 시작했다.

다음 날 정오, '옐로'는 그 자리에서 나를 기다리고 있었다.

역시 노랑 넥타이였다. 코스도 똑같았다. 그는 나를 태우고 곧장 포시로 갔으며, 지난번 들렀던 언덕 꼭대기의 모텔 주차장으로 들어갔다. 처음 만났을 때에 비해 어둡고 피곤해 보였다. 그쳤던 빗방울이 다시 떨어졌다. 벌써 이틀째였다. 태풍이 북상하고 있다고 했었다. 먹장구름 때문에 한낮인데도 저물녘처럼 어두웠다. 무인 체크 박스에 돈을 넣자 방 열쇠가 자동으로 나왔다. 우리는 그 누구와도 부딪치지 않고 꼭대기 방으로 올라갔다.

"샤워하시지요?"

내가 지난번처럼 말했으나 그의 대답은 지난번과 달랐다.

"나하고 술을 한잔합시다."

그가 주머니에서 작은 양주병을 꺼내 들었다. 나는 움찔했다. '고객'과 술을 마시는 것은 원활한 '비즈니스'를 위해서 절대 피해야 할 규칙의 하나였다. "술은, 전혀 못해요." 나는 고개를 저었다. 오래 끌수록 복잡한 일이 생길 수 있었다. 나는 짐짓 뻔뻔한 척, 그가 있는 곳에서 상의를 벗고 브래지어의 후크를 열었다. 술로부터 내 육체로, 그의 관심을 옮겨오도록 유도할 필요가 있었다. "그럼 저 먼저 샤워할게요." 나는 말했고, 그는 대답 대신 술병의 마개를 땄다.

나는 무심한 척 목욕탕으로 들어갔다.

창을 때리는 바람 소리가 야수의 울부짖음처럼 들렸다. 해안선에 부딪치는 파도의 물보라도 장관이었다. 태풍의 중심부가 곧 들이닥칠 모양이었다. 일본의 규슈 지방에선 이번 태풍에 수십 년 된 나무가 통째로 뽑히고 지붕이 날아간 집이 속출했다고 했다. 아우성치는 바다를 바라보며 나는 천천히 나머지 옷을 벗었다.

'옐로'는 아무런 기척도 내지 않았다.

가슴이 두근거렸다. 며칠 전 처음 만났던 날보다 더 어둠침침하고, 그러면서도 송곳처럼 예리해 보이는 '옐로'의 표정이 마음에 걸렸다. 샤워기의 물줄기 속으로 들어갔다. 물은 알맞게 따뜻했다. 남편의 얼굴이 잠깐 떠올랐다 꺼졌다. "당신, 요즘 많이 달라 보여. 뭐랄까, 자꾸 싱싱해진다고나 할까. 나는 날로 관 속에 들어가는 느낌인데." 출근하면서 남편이 한 말이었다. 미소를 짓고는 있었지만 한순간 어떤 섬광 같은 것이 남편의 눈꺼풀 밑으로 스치고 지나가는 것을 나는 놓치지 않고 보았다.

샤워를 마치고 나서 수건을 더듬어 찾다가 나는 소스라쳤다.

'옐로'가 목욕탕 안에 들어와 문에 등을 기댄 채 물끄러미 나를 바라보고 있었다. 목욕탕 문을 잠그지 않았던가 보았다. "뭐예요!" 너무 놀라서 거의 주저앉을 뻔하다가 간신히 허리를 곧추세우고 쏘아붙였다. 얼굴이 화끈 달아올라 얼른 몸을 뒤로 돌렸다. 당황해선 안 된다, 라고 본능적으로 생각했다. 이럴 때는 '선수'처럼 보이는 게 상수였다. '옐로'는 계속 침묵했다.

"나가 있어요. 닦고 갈게요."

가급적 여유를 가장해 내가 덧붙였다.

"당신, 이런 짓, 별로 안 해봤지?"

'옐로'가 말했다. 바람 때문에 유리창이 다그르르, 가파른 소리로 울었다. "이런 짓 서툴다는 건 첫날에 이미 알아봤지만, 아마추어라서 더 좋았어. 말해봐. 당신 도대체 누구야? 사설탐정이라도 되나?" 어조에 날이 잔뜩 서 있었다. 그러나 그때까지만 해도 나는 아직 상황의 심각성을 다 알지 못했다. '사설탐정'이라는 말에선 실소까지 나왔다.

"탐정이 미쳤어요, 아무한테나 몸까지 팔게?"

내가 대꾸했고, 그가 곧 한 발 더 밀고 들어왔다.

"아무한테나 몸을 팔진 않겠지. 이유가 있겠지. 여긴 절해고도와 같아. 12층인 데다가 절벽 위니까 그 창으로 떨어지면 곧장 폭풍에 휘말린 바다로 들어가게 돼 있어. 우리가 들어오는 걸 본 사람도 없어. 당신의 시신조차 찾지 못할걸, 아마."

나는 그제야 수건으로 몸을 가린 채 획 돌아섰다.

대체 그가 무슨 말을 하고 있는지 알 수 없었다. 그는 내 시선을 피해 폭풍이 불어닥치고 있는 먼바다를 바라보고 있었다. 더욱 놀라운 것은, 어느새 그가 긴 횟칼을 빼들고 있다는 사실이었다. 칼날이 불빛과 부딪쳐 번쩍했다. "칼을 쓸 필요도 없어. 당신쯤 창 너머로 내던지는 거, 내겐 아주 쉬운 일이야." 그가 칼끝으로 머리칼을 쓱쓱 건드렸다. 숨이 턱 하고 막혔다. 그는 흥분하지도 않았고 위협적인 포즈도 취하지 않았다. 칼을 빼들기 전보다 눈빛은 오히려 더 깊이 가라앉아 있었다. 너무 깊어서 바닥을 알 수 없는 캄캄한, 우물 같은 눈빛이었다. 칼보다, 우물 같은 눈빛 때문에 그가 지금 조금도 허세를 부리는 게 아니라는 걸 알았고, 또한 그가 지금 아무것도 두려워하지 않고 있다는 것을 나는 알았다. 필요하다면 어떤 망설임도 없이 나를 창 너머로 내동댕이칠 터였다.

"무슨 말인지…… 모르겠어요. 왜 이러시는 건데요?"

나는 욕조 난간에 힘없이 주저앉으면서 간신히 물었다.

"내동댕이칠 것도 없어. 당신이 샤워하는 걸 휴대폰으로 다 찍어놨거든. 인터넷에 이걸 올리기만 해도 당신 인생 끝장나. 왜 나를 미행했는지, 먼저 말해줘."

그의 입에서 뚱딴지같은 말이 튀어나왔다.

"미행이라니요, 무슨 말인지……."

나는 떨리는 목소리로 반문했다.

그는 어쩌면 정상이 아닌 망상증 환자일지도 몰랐다. "시치미 떼도 소용없어. 며칠 전 밤에, 당신은 분명히 나를 미행해 왔어." 그가 말했다. 며칠 전 밤? 무엇엔가 홀린 듯이 두 사람의 그림자를 쫓아 매립 지구까지 갔다 온 일이 그제야 떠올랐다. 그럼 이 사람이 내가 미행했던 그 사람? "누가 따라온다는 걸 알아챘지만 여자인지도 몰랐어. 당신이 내 집 2층을 올려다보고 있을 때에야 당신 얼굴을 똑바로 내려다볼 수 있었지. 가로등이 당신 얼굴을 정면으로 비추고 있었거든. 낯익은 얼굴이라는 느낌은 들었어." 한밤의 매립지 닫힌 횟집들과 불이 밝아졌던 어떤 집 2층 창이 명확하게 생각났다. '동백횟집'이라는 낡은 간판도 떠올랐다. 입이 저절로 벌어졌다.

그가 계속 말을 이었다.

"당신이 '칼라'인 줄 처음엔 몰랐어. 당신 뒤를 밟아 당신 집 앞에까지 쫓아가고 난 다음에야 생각났지. 대문 앞에서 나의 기척을 느끼고 당신이 홱 돌아다본 순간 갑자기 이 모텔이 떠오르더라구. 당신이 내게 처음부터 계획적으로 접근해왔나 하고 생각했지. '칼라'라는 아이디로 내 대화방에 들어올 때부터, 당신은 어떤 계획을 갖고 있었을지 몰라. 어떻게 '옐로'라는 아이디를 사전에 알고 나의 대화방에 찾아왔을까. 아냐. 그런 건 상관없어. 암튼, 나를 막상 만났으나 내가 혼자 모텔을 나와 어떤 성과도 거두지 못하자 나를 미행하기로 한 거겠지. 그러나, 그러나 말야, 이틀 넘게 당신에 대해 조사를 샅샅이 해보고 난 후엔, 솔직히 좀 혼란스럽더라고. 중학교 다니는 애도 하나 있더군. 당신은 평범한 유부녀에 불과했어. 최근 당신의 통화 내역까지 일일이 검토해보았어. 나는 전문가야. 당신의 통화 기록쯤 빼내는 건 쉬워. 최근 당신이 통화한 사람들은 모두 다 평범한 사람들뿐이었어. 궁금증이 배가됐지. 당신이 나와 약속한 장소에 나올 때까지, 오늘도 줄곧 당신을 미행했지만 결과는 마찬가지였어. 당신이 형사가 아니라는 건 확실해. 사설탐정도 아냐. 누가 뭘 알아보려고 한다 해도 당신처럼 평범한 아이 엄마한테 부탁하진 않았을 거라고 봐. 지금도 당신은 아무런 조처도 취하지 않은 채, 날 따라 여기 왔거든. 나로서는 황당한 일일밖에. 거두절미하고, 묻겠어. 당신, 도대체 누구야?"

나는 얼른 말이 나오지 않았다.

"내가 당신에 대해 조사한 것과 오늘 당신의 행적을 종합해보면, 우리가 지난번 함께 이 모텔에 온 것은 우연에 불과했다는 결론이 나와. 나는 수사관 출신이야. 계획적인 접근이었다면 당신은 나를 만나고 곧 누군가, 의뢰인이 될 만한 사람에게 전화를 걸었을 거야. 그런데 그런 수상한 전화는 통화 기록에 없었어. 결론적으로 해결 안 된 내 의문은 딱 하나야. 며칠 전 깊은 밤, 당신은 왜, 어떻게 해서, 우리 집 앞길에 서 있었던 거야?"

"……."

"대답을 하게 될 거야. 당신을 포로 뜰 수도 있으니까!"

냉동 창고 뒷길로 두 사람의 그림자가 들어가던 한밤이 떠올랐다.

끌려오고 끌려가는 그림자, 길 없는 길, 비어 있던 매립지 위의 닫힌 횟집들, 을씨년스럽게 걸린 '동백횟집' 간판과 불 켜진 창, 그리고 집으로 돌아오는 동안 숨 가쁘게 따라붙던 불길한 인기척이 뚜렷이 기억났다. 세상에, 라고 나는 공포 감도 잊은 채 중얼거렸다. 세상에 어떻게 이런 우연이 일어 날 수 있단 말인가. '동백횟집' 2층에서 가로등 밑에 선 나 를 내려다보고 뒤쫓아 온 사람이 지금 회칼을 들고 내 앞에 있는 바로 이 사람, '옐로'였다는 사실에 몸서리가 쳐졌다. 공포감은 아까보다 많이 사라졌다. 설명이 남았을 뿐, 모든 건 철저히 우연에 불과했기 때문이었다. 두번째로 만나지만 이상한 친밀감을 느끼던 참이었다. 모든 일이 우연이라는 게 확인되면 곧 풀어질 협박이라고 나는 믿었다. 하기야 신흥도시로 각광받고 있다 해도 ㅁ시는 아직 지방의 중소 도시에 불과했다. 얼마든지 우연한 일이 벌어질 수 있었다. 가령 '고객'으로 남편의 학교 동창이나 정우의 선생님을 만나지 않는다는 보장이 어디 있는가. 그런 우연쯤 수없이 상상해보았다.

급기야 내 입에서 훗, 하는 실소가 나왔다.

그가 와락 이맛살을 찌푸렸다. 무섭진 않았다. 무서운 것은 그가 아니라 바다가 아우성치며 내는 파도 소리였다. 그것은 아주 폭력적인 굉음이었다. 태풍의 중심부가 바로 방 밑으로 들이닥치고 있는가 보았다.

"당신을 죽이는 건 너무도 간단해."

일상적인 일에 대해 말하는 것처럼, 그가 말했다. 칼끝이 불빛을 튕겨내며 번쩍, 내 눈을 찌르고 들어왔다. 순간, 그 칼끝에 찔려 차라리 이 절해고도와 같은 방에서 죽었으면 좋겠다는 생각이 언뜻 들었다. 자학적인 자기모멸이 불러온 충동이었다. 칼을 들고 있는 상대편 '옐로'의 표정도 나를 죽이고 싶은 게 아니라 자신을 찌르고 싶어 하는 것 같은 이상한 느낌이 들기도 했다.

나는 털썩 주저앉아 무릎 사이에 이마를 탁 박았다.

이팝나무

그는 나와 동갑인 서른아홉이었고, 짧은 한때 매립 지구에서도 가장 장사가 잘되는 '동백횟집'의 주인이었으며, 열다섯 살 된 남자애의 아버지였다.

"정준하, 내 이름이에요."

그가 말했다.

10대에는 태권도 선수 생활을 했으며, 20대엔 대학을 독학으로 마치면서 경찰에 투신, 강력계 형사 생활을 잠시 했고, 30대에 비로소 ㅁ시로 내려와 몇 가지 자영업을 거쳐 '동백횟집' 주인이 됐다고 그는 고백했다. 매립 지구는 기존의 횟집 거리보다 바다로 더 나앉은 데다가 야트막한 산으로 둘러싸여 있어 분양만 받아도 큰돈이 될 거라는 기대가 높았다. 신시가지가 형성되기 전의 일로서 지금의 시장이 처음으로 시장 선거에 뛰어들 무렵이었다. 그는 선거운동에도 앞장섰고 선거 자금으로 상당한 돈을 주저 없이 투자하기도 했다.

노력 끝에 매립지 중에 좋은 자리를 차지할 수 있었다.

부정한 방법을 동원한 것은 아니었다. 시장이 앞서 투자를 권하기도 했다. 분양가를 조달하려고 빚을 지기는 했으나 그 정도 빚은 사실 아무것도 아니었다. 분양받자마자 땅값은 두 배로 뛰었고, 그 자리에 2층 건물을 올려 횟집으로 개업한 뒤엔 날마다 문전성시를 이루었다. 몇 년만 지나도 큰 부자가 될 만한 벌이였다. 마침내 자신의 인생에도 빛이 쫙 비쳐들기 시작했다고 그는 확신했다. 버는 돈으로 빚을 갚기보다, 더 큰 성공을 위해 다른 부동산 등에 계속 투자했다. 태권도 선수 생활에서 배운 것 중 하나는 찬스가 왔을 때 집중 공격으로 완전한 승리를 굳혀놓아야 한다는 것이었다.

그는 전력질주했다.

그러나 황금기는 오래가지 않았다.

환경 단체의 끈질긴 반대로 완공 직전 상태로 버려져 있던 신시가지 쪽 대단위 방조제 공사가 지루한 법정 공방 끝에 다시 마지막 공사를 재개하면서, 신시가지 계획이 공표됐기 때문이었다. 한때 매립 지구에 투자할 것을 권해 마지 않던 시장은, 국제적인 '비즈니스맨'을 자처하면서, 이번엔 '비즈니스를 위한 미래형 신도시'를 개발한다는 공약으로 화려하게 재선됐다. 집권당과 정부는 그의 공약에 힘을 보태주었다. 새로운 시청이 지어졌으며, 정부가 내건 특혜 때문에 공업단지는 삽시간에 분양되었다. 고층 아파트 공사 또한 빠르게 진행됐다. 어떤 아파트는 중국 수출의 특수를 만날 거라는 기대를 한 몸에 받으며 수백 대 일의 경쟁률로 분양되기도 했다. ㅁ시의 개발로 집권당이 대규모 정치자금 을 조성했다는 소문이 한동안 돌았다. 때맞추어 중국으로의 수출이 비약적으로 늘어났다. ㅁ시는 중국과 가장 가까운 거리에 있었을 뿐 아니라 국토의 중심에 위치해 있어 입지 가 아주 좋은 곳으로 각광받았다. 대중국 수출을 위한 다양 한 제조 공장이 다투어 ㅁ시로 들어왔다.

쓰레기 매립장과 소각장이 구시가지 북쪽에 자리 잡았다.

구시가지 사람들 일부가 시청 앞까지 쫓아가 데모도 했 으나 소용없었다. 시장은 한때 운동권에 투신해 감옥살이 도 한 적이 있는 개혁 성향의 사람이었다. 그는 추진력이 강했고, 판단이 빨랐다. 새로 들어선 정부 또한 그의 추진력을 신뢰했다. 그는 정부의 전폭적인 지원을 받으며 강력하게 사업을 밀고 나갔다. 쓰레기 매립장과 소각장으로 이어지는 해안도로가 매립 지구 앞을 딱 가로막으며 교량식으로 건설되기 시작했고, 그때부터 매립 지구엔 사람의 발자취가 딱 끊어졌다. 파리나 모기, 날파리 떼가 견딜 수 없도록 늘어난 것도 해안도로 공사가 시작되고 난 후였다. 쓰레기차들이 지나갈 때면 매립지 횟집들은 부르르부르르, 사시나무처럼 몸을 떨었다. 매립 지구의 땅값은 급전직하했다. 심지어 분양가의 반값에 내놔도 나서는 매수자가 없었다. 횟집들은 저절로 문을 닫았고 찾아오던 사람들은 발길을 딱 끊었다.

불과 몇 년 사이에 일어난 폭력적인 변화였다.

은행을 비롯한 빚쟁이들은 하이에나처럼 그에게 달려들었다. 해안도로와 쓰레기 소각장만 들어서지 않았어도 벌어서 갚을 수 있는 빚이었다. 매립 지구를 분양받을 때부터 짊어지기 시작한 빚은 횟집이 문을 닫고 나자 이자까지 붙여져 눈덩이처럼 불어났다. 투자한 부동산들은 오래 지나지 않아 모두 빚쟁이들의 차지가 되었고, 살고 있던 아파트에서도 당연히 내쫓겼다. 가족들을 데리고 갈 데가 없었다. 살림을 횟집으로 옮겼으나 '동백횟집'조차 법적으로는 이미 은행의 것이었다. 그나마 개인 빚쟁이들보다 은행이 일의 처리 속도가 느린 편이어서 다행이었다. 그는 버티고 버텼다. 횟집에서도 내쫓기는 건 그러나 초읽기였다.

그리고 그는 나를 만났다.

그와 만나 맺은 인연을 두고 운명적인 만남이었다는 식으로 말하진 않겠다. '동백횟집'을 처음 들어갈 때, 그가 문에 채워진 주먹만 한 자물쇠를 여는 순간만 해도 잠긴 횟집 안에 사람이 있으리라곤 상상하지 못했다. 초저녁인데도 안은 캄캄했다. 그가 라이터를 켜서 계산대 위의 초에 불을 붙이고 나서야 희끄무레 실내가 드러났다. 실내 구조는 여느 횟집과 별로 다를 게 없었다. 오랫동안 환기를 시키지 않았기 때문인지 무엇인가 썩어가는 것 같은 냄새가 무겁게 배어 있었다.

"한전에서 전기를 끊어버린 지가 두어 달 됐어요."

그가 수줍어하는 표정으로 소년처럼 뒤통수를 긁었다.

2층에서 인기척이 난 건 그때였다. 탁탁, 규칙적으로 무엇인가를 두들기는 소리가 2층에서 나고 있었다. "애가요, 자폐증이 있어요." 그가 2층으로 올라가며 말했다. 여름에

낳은 아들이라 이름이 '여름'이라는 것과, 자폐증이 더 깊어져 요즘엔 학교도 가지 않고 있다는 것과, 날이 저물기 시작하면 무슨 병이 도지는지 집을 나가 몽유병자처럼 떠돌아다니며 크고 작은 사고를 일으킨다는 것은 나중에 알았다.

횟집으로 지어졌으므로 2층은 한 공간으로 되어 있었다.

한쪽에 밀어놓은 탁자들과 여기저기 팽개쳐놓은 듯한 옷가지들과 이부자리 등, 온갖 것들이 널려진 방 안은 폭풍이 휩쓸고 간 천변처럼 난잡하기 이를 데 없었다. 밀폐된 공간이었다. 라면을 끓여 먹은 건지 면 가락이 눌어붙은 냄비와 김치 그릇을 비롯한 여러 음식 그릇들도 바닥에 그냥 버려진 채였다. 올라가자마자, 아무렇게나 깔린 이불 위에 벌렁 누워 있는 남자애 하나가 눈에 들어왔다. 탁, 탁, 탁 하는 소리가 일정한 간격으로 났다. 남자애가 방바닥을 계속 두들겨서 내는 소리였다.

그 애가 그의 아들, 여름이었다.

처음 만났던 날의 그 애는 아이라기보다 상처받은 한 마리의 짐승 같았다. 탁, 탁 하고 방바닥을 때릴 때마다 커다란 머리통이 움찔움찔했다. 감은 지 오래돼 떡이 진 머리였다. 눈빛도 번질번질한 게, 창과 출입구를 자물쇠로 채우고 나간 아버지에게 결사적인 시위라도 하려는 것 같았다.

"그만두지 못해!"

그가 소리쳤고, 그 애의 시선이 내게로 왔다.

물기가 번질거렸으나, 눈동자 깊은 안쪽엔 바람이라도 지나가는 듯, 아득한 눈빛이었다. 열다섯 살에 비해 그 애는 키도 컸고 뚱뚱했다. 머리칼은 제멋대로 솟아 있었으며, 입술엔 라면 국물이 잔뜩 말라붙어 있었다. 오랫동안 돌보는 이 없이 우리에 갇혀 산 게으른 곰이 아마 그럴 것이었다.

"그만두란 말야, 이놈아!"

그가 다시 소리치며 그 애의 손을 거칠게 잡아챘다.

가슴이 철렁했다. 방바닥을 얼마나 두들겨댔는지, 촛불 밑에 드러난 손바닥은 한껏 부풀어 오른 채 벌겋게 충혈되어 있었다. "이 미련한……"이라고 말하면서 그 애의 머리를 쥐어박는 그의 눈시울이 금방 붉어졌다. "그러지 마세요." 내가 그를 가로막았다. 눈시울이 뜨겁기는 나도 마찬가지였다. "일어나!" 그가 또 소리쳤고, 그 애가 비비적비비적 상반신을 일으켰다. 손바닥은 차마 못 볼 정도로 상해 있었다. 치료하지 않고 그대로 두면 안 될 것 같았다.

"애를 가둬두면 어떡해요?"

"나가면 사고를 치니까, 저를 위해서 가둔 거예요."

"그런 논리가 어딨어요? 안티프라민이라도 찾아봐요."

그가 한참을 더듬거리다가 타박상에 쓰는 약을 찾아왔다.

무릎 꿇고 그 애 곁에 다가앉았다. 그 애는 쉽게 내게 손을 주지 않았다. 그를 아래층으로 쫓아 내려보내고 한참 지나서야 겨우 손을 내밀었다. 온종일 방바닥을 두들기는 것으로서 그 애는 누군가에게 조난신호를 보내고 있었을 터였다. 가슴이 홧홧해서 손이 떨렸다. 나는 약을 발라 한동안 마사지를 해주었다. 목젖이 뜨거웠지만 어금니를 사리물고 눈물을 참았다. 나보다 먼저 고개를 외로 꼰 그 애의 눈가에 눈물이 그렁했기 때문이었다.

"개 같은 세상이에요……. 그만 가봐요……."

피시의 모텔 방에서 그가 마지막으로 한 말은 그것이었다.

미행한 연유를 소상히 말하기 시작하자 예상대로 그는 금방 온순한 표정이 됐다. 당신쯤 창 너머로 내던지는 거, 내겐 아주 쉬운 일이야, 라고 말할 때 눈에서 쏟아져 나오던 섬광은 온데간데없었다. "설명을 듣기 전부터, 이상할 정도로, 그쪽이 나를 해코지할 사람이라는 생각은 들지 않았어요." 나중에 그는 그렇게 고백했다. 그래서였는지, 내 설명을 믿지 못해 반문하거나 토를 달지도 않았다. 말수가 적었으나, 예민하고 판단력이 민첩한 사람이었다. 나는 떨리는 목소리로 어떻게 해서 그를 미행하게 됐는지 설명했고, 더 나아가 또 어떻게 해서 비정상적인 '비즈니스'를 시작하게 됐는지 설명했다. '과외비'를 벌기 위해 '비즈니스'를 시작했다고 말하자 그가 들릴락 말락, "씨팔……"이라고 중얼거리며 눈시울을 붉혔다.

"내게도 아들이 하나 있어요."

그는 말해주었다. 나는 나의 아들에 대해 이야기를 했고, 그는 그의 아들에 대해 이야기를 했다. 그의 아들이 자폐증에 걸렸다는 말도 덧붙였다. 아내를 2년 전에 잃었다고 했고, '동백횟집'에 산다고 했고, 쓰레기 냄새 때문에 창문을 열어놓을 수가 없다고 했다. "구시가지는 죽음의 동네예요." 죽음의 동네에서 우리는 같은 주민이었다. 죽음을 향해 함께 걸어가는 동행자 같은 묘한 친밀감이 생겼다. 그때까지 우리는 목욕탕에 있었고, 더구나 나는 벗고 있었다. 벗은 몸이 갑자기 부끄러워졌다. "나가 계세요. 옷을 입어야겠어요." 옷을 챙겨 입은 후 욕탕을 나왔을 때, 그는 모텔 방의 창턱에 기대서 회칼로 손톱을 다듬고 있었다.

"그런 칼로 손톱을 깎는 사람, 첨 봤어요."

"개 같은 세상이에요. 돈은 거기 있어요. 그만 가봐요."

지난번처럼, 흰 봉투가 침대 위에 놓여 있었다.

그의 눈빛은 캄캄했다. "일하지 않았으니 돈은 받지 않겠어요." 내가 말하고 침대에 앉았다. 그를 이미 오래전부터 알아왔으며, 이상야릇한 우의로 묶여진 듯한 기분이 계속 들었다. "암튼 먼저 돌아가요." 그가 힐끗 폭풍에 싸인 바다를 내다보았다. 칼을 처음 빼들었던 순간처럼 그 순간에도 그의 눈 속에서 섬광이 번쩍했다. 이 사람, 지금 죽고 싶은 거야. 나는 생각했다. 폭풍에 뒤집힌 바다로 내동댕이치고 싶은 것은 내가 아니라, 사실은 그 자신이라는 것을 나는 확실히 느꼈다.

 "함께 가요, 우리. 도심까지 데려다주세요."

 내 말이 나도 모르게 그렇게 나왔다.

 그가 죽고 싶어 하고 있다고 확신했고, 사실은 나도 죽고 싶었다. 말하지 않았으나 우리는 피차 그것을 알고 있었다. 그의 말을 따라, 혼자 먼저 모텔을 나왔다면 그와의 인연은 물론 거기서 끝났을 것이었다. 그러나 ㅁ시 시가지까지 데려다달라는 핑계로 그와 함께 그 모텔을 나온 것에 대해, 설령 그것으로 인해 그와의 고단한 인연이 이어졌다고 할지라도, 후회는 없었다. "그쪽에서 먼저 나가고 나면, 창 너머로 몸을 던질까 생각해본 것도 사실이에요." 실제로 훗날 그가 이렇게 말한 적도 있었다. 우리는 결국 모텔을 함께 나왔고, 함께 돌아왔으며, 돌아오면서 더 많은 말들을 나누었다. 그는 끝까지 내게 예의를 잘 갖추어 대했다. 신사적이고 따뜻한 본성을 가진 사람이었다. 나의 '비즈니스'에 대해서 어떤 편견도 드러내지 않았으며, 그래서 나는 속 깊은 누님처럼 그의 말을 들어주었다.

그의 아내가 죽은 것은 2년쯤 전이었다.

해안도로가 완공되고 쓰레기 소각장이 가동을 시작한 얼마 후였다. 평소 심장이 좋지 않았던 그의 아내는 한순간에 쓰러져 수술조차 받아보지 못하고 허망하게 죽었다. 첫번째 들른 개인 병원에서는 그가 수술 보증금이 없다는 걸 알고 나서 다른 큰 병원으로 데려갈 것을 재촉했다. 다른 병원으로 가는 길은 차가 막혀 달릴 수가 없었다. "죽지 마. 죽지 마!"라고, 그는 큰 병원에 갈 때까지 계속해 소리를 질렀다고 했다. 그가 할 수 있는 일이 그것밖에 없었기 때문이었다. 큰 병원에 도착했을 때는 아내가 이미 절명한 뒤였다. 첫번째 병원에서 곧장 수술만 받았더라도 혹시 살지 않았을까 하는 것이 그가 마지막으로 남겨 가진 한이었다.

그의 아내 고향은 ㅁ시에서 그다지 멀지 않았다.

애당초 ㅁ시로 내려온 것도 아내 때문이었다고 그는 설명했다. 바닷가 시골에서 자란 아내는 바다가 보이는 곳에서 살기를 언제나 꿈꾸었다.

"탁 트인 바다를 보면 가슴에 얹혔던 것들도 쑥 내려가고 말거든."

그의 아내는 자주 그렇게 말했다. 가슴을 움켜쥐고 쓰러지던 날에는 아침부터 더 많은 유독성 폐기물을 실은 쓰레기차들이 떼 지어 해안도로를 질주했었던가 보았다. 버려진 해안가엔 공장 지대에서 흘러온 것인지 공업용 쓰레기만 쌓여갔고, 해안도로에 가로막혀 동백횟집에선 바다조차 잘 보이지 않았다. 쓰레기차들이 해안도로를 질주하면 횟집 전체가 금방이라도 허물어질 것처럼 붕붕붕 울렸다. 쓰레기차들이 흘리고 가는 먼지 때문에 창을 열어두지 못할 정도였다. 냄새도 자심했다. 그의 아내는 종일 가슴을 손바닥으로 쓸었다. "저놈의 쓰레기차들 때문에, 바다가 내는 신음 소리가 들려, 라는 말이 아내의 마지막 말이었어요. 그 말을 하고 일어서려다가 그만 쓰러지고 말았으니까요." 그가 나중에 말해주었다.

여름이의 자폐 증세가 더 깊어진 것은 아내가 죽은 다음이었다.

그 애는 날이 저물기 전엔 절대 방을 나가려 하지 않았다. 학교에 데려다주어도 한 시간도 채 되지 않아 늘 집으로 되돌아왔다. 매질도 해보고 달래보기도 했다. 다 소용없었다. 병원 처방을 따랐으나 그 역시 무위한 짓이었다. 습관처럼 누워서 방바닥을 때리는 짓을 반복했고, 실어증까지 오는지 더듬거리면서 하던 말도 거의 하지 않게 되었다. 방바닥이든 벽이든 하루 종일 반복적으로 쳐서 손바닥이 퉁퉁 부어오르는 일도 자주 있었다.

그러다가 어스름이 내리면 감쪽같이 밖으로 나갔다.

운류산이나 시가지를 미친 듯 떠돌아다녔다. 제 어머니를 찾아 헤매는 것 같다고 그는 설명했다. 또래 아이들한테 집단으로 두들겨 맞고 오는 일도 많았고, 빈집에 들어가 음식을 훔쳐 먹다가 파출소에 붙잡혀간 적도 있었으며, 어린 여자애들을 위협하다가 성추행범으로 몰린 일까지 생겼다. "얼마 전에 우리 집에서 소시지 계란, 그런 것이 없어졌었어요. 창을 열어두고 외출한 날요." 내가 말했고, "여름이 짓일 거예요. 걔 동선이 보통 냉동 창고를 따라 그 집 뒤쪽과 향교를 지나 운류산 길로 이어지니까요." 그가 대꾸했다. 그렇다면 그 애는 이미 내 집을 다녀간 셈이 됐다. 결국 그는 궁여지책으로 창문도 다 폐쇄하고, 외출할 때는 자물쇠를 채워 그 애를 가두어두었다. 내가 그를 미행한 날도 폐쇄된 창을 어찌어찌 열고 나간 그 애를 밤새 찾아다니다가 운류산 중턱에서 겨우 붙잡아 끌고 오는 중이었다고 했다.

고백하거니와, 그가 바로 문제의 '타잔'이었다.

그 사실을 알게 되었을 때는 피차 연민을 느껴 시작된 서로에 대한 마음이 어느덧 깊어진 다음이었다. 그는 기본적으로 순수했고, 선종(善種)이었다. 무엇보다 그는 언제나 존재에 대한 연민과 순정이 저절로 느껴지는 쌍꺼풀 깊은 허랑한 눈을 갖고 있었다. 눈물도 많았다. 공업용 쓰레기가 잔뜩 쌓인 해안가에서 어린 게 한 마리가 오염된 무엇을 잘못 먹었는지 제대로 기어가지 못하는 걸 보고 그는 울었다. 쓰레기 더미 위에 자랐다가 말라붙은 풀을 볼 때도 눈가가 시나브로 젖었다. 지하도 밑에 누워 자는 노인의 어깨 위에 입고 있던 윗옷을 벗어 덮어준 일도 있었다. 그러나 동시에 그는 세상이 만들어준 광포한 칼날을 함께 품고 있었다. 그는 매우 위험한 짐승과 같았다. 그의 근육은 단단했고 그의 발걸음은 민첩했으며 그의 눈빛에선 때때로 푸른 광채가 쏟아져 나왔다.

그와 함께 있으면 늘 벼랑길을 걷는 듯 조마조마했다.

이상한 것은 바로 그 '벼랑길'이 나를 더욱 그에게 다가가도록 끌어당겼다는 사실이다. 부정진진 않겠다. 시작은 연민이었으나 마음이 깊어지게 된 것은 그가 지닌 '벼랑길'을 따라 걷는 듯한, 그 어떤 생생함이었다. 순정과 적개심이라는 두 가지의 비정상적 편차가 가져오는 내적 분열은 오히려 그를 젊게 만들었다. 심지어 잠들어 있을 때조차 그의 얼굴엔 전장으로 가기 위해 창을 벼리는 전사 같은 이미지가 표정 위로 떠올랐다.

그에 비해 남편의 잠든 얼굴은 낮보다 훨씬 더 늙어 보였다.

아니, 그 무렵의 남편은 세상과 분주하게 관계 맺어야 할 40대의 중년이 아니라 욕망을 해체당한 무기력한 노인의 얼굴을 늘 하고 있었다. 그는 강렬한 날갯짓으로 거센 물줄기를 거슬러 올라가는 물고기 같았고, 남편은 배를 하얗게 내밀고 웅덩이에 반쯤 떠오른 물고기 같았다. 그를 보면 가슴속에 수천의 바늘이 꽂혀드는 듯 모든 게 단번에 생생해졌고, 남편을 보면 막막한 가운데 뜨겁지도 차갑지도 않은 비애가 가만히 차올랐다. 나는 그래서 가을이 깊어질 때, 이상하고 이상한 에스컬레이터를 남몰래 타고 두 개의 상이한 세계를 오르락내리락했다.

죄의식은 느끼지 않았다.

죄의식을 느낄 필요도 없었다. 그가 '타잔'이라는 사실을 고백해왔을 때에도 나는 이상할 정도로 충격을 받지 않았다. 그때쯤 나는 이미 그의 선적(善的) 본질에 대해 너무도 깊이 이해하고 있었다. 그가 도적질 이외엔 아무것도 하지 않았다는 사실도 위로가 됐다. 성폭력이나 기타 사람을 상해한 범죄 일체는 그의 짓이 아니었다. 그는 철저하게, 이른바 경기와 아무 상관 없이 소비와 레저만을 향유하고 사는 일부 부잣집이 숨겨놓은 잉여 재산만을 훔쳤다. 나는 그래서 그가 도적이라는 말을 들었을 때 아무것도 실감나게 느끼지 못했다.

나와 상관없는 일이야.

나는 그렇게 치부했다. 그러면서 묘한 안도감을 느꼈다. 유부녀이면서 몸을 파는 여자로 그를 만났다는 사실이 차츰 가슴을 찢어놓기 시작할 때쯤, 그가 내게 고백해온 것이 바로 '타잔'이라는 사실이었다. 조금 놀랐지만, 놀라움보다 속으로는 오히려 마음이 편안해졌다. 비로소 나는 그와 윤리적으로 공평해진 것이었다. 내가 '원죄'를 가졌듯, 그에게도 감춰온 '원죄'가 있다는 사실이 오히려 기뻤다.

한마디로 요약하자면, 그해 늦가을에, 나는 두 집 살림을 했다.

남편이 출근하면 대강 살림을 정돈해놓고 오전 10시쯤, 매립 지구에 있는 그의 집으로 갔다. 처음 들렀을 때 그의 집은, 아래층 주방에선 음식 쓰레기들이 쌓여 악취를 풍겼고, 2층에선 이불과 옷가지들이 마구 널린 채 삭고 있었다. 쓰레기장이나 다름없었다. 며칠은 그 모든 것을 치우는 데 기운을 다 썼다. 여름이는 그릇들을 닦고 청소하는 나를 경계하는 눈빛으로 가만히 바라보고 있었다.

"집 안이 깨끗하면 마음이 환해져요."

나는 여름이와 그에게 조용조용 설명했다.

여름이에게 걸레를 쥐여주었다. 그 애는 고개를 가로저으며 걸레를 집어 던졌다. 나는 집어 던진 걸레를 집어 다시 그 애 앞에 놓아주었다. 그 애는 아버지를 닮은 큰 눈을 껌뻑껌뻑하면서 바다 쪽으로 고개를 돌렸다. 귓불이 붉게 달아오른 게 보였다. 아버지를 닮아 수줍음이 많은 애였다. 나는 희망을 놓지 않았다. 내가 믿는 것은 수줍음 뒤에 숨겨가진 순정과, 부자가 빼다 박은 듯이 닮은 쌍꺼풀 안쪽에 깃든 선적 본질이었다.

과연 아이가 사흘쯤 지나자 바닥을 닦는 시늉을 했다.

"여름이, 참 잘하네. 뭐 하고 있어요? 아빠도 함께해야지, 여름이 닦는 거 구경만 하고 있을 거예요?" 겸연쩍은 표정으로 서 있는 그에게 말했다. 그도 걸레를 잡았다. "아빠와 아들이, 말도 좀 나누고 그러잖구요." 노래 부르는 것처럼 명랑한 목소리로 내가 말했다. 두 사람은 대답하지 않았다. 나는 그러거나 말거나 유리창을 닦으면서 흥얼흥얼, 혼자 콧노래를 불렀다.

부자가 말없이 2층 바닥을 닦았다.

마지못해 닦던 손길도 시간이 지나면서 보다 민첩해지고 진지해졌다. 닦을수록 반짝반짝해지는 방바닥에 조금씩 재미를 붙이는 표정이 됐다. 원했던 결과였다. 그들이 스스로를 버렸던 건 돈의 문제라기보다 갑작스럽게 아내와 어머니를 잃었기 때문이라는 걸 나는 깨달았다. 켜켜이 쌓인 옷들도 세탁해 널었고 일부는 그를 시켜 세탁소에 맡겼다. 깨끗한 옷으로 갈아입힌 여름이는 좀 비대할 뿐, 생각보다 훨씬 더 준수해 보였다. "여름이 참 멋지구나." 나는 어머니처럼 그 애의 머리를 쓰다듬어주려 했고, 수줍음 많은 그 애는 얼른 내 손을 피해 한 발짝 물러섰다. 역시 귓불이 확 달아올랐다. 귀여웠다.

"나를 엄마 친구라고 생각해. 이모라고 불러."

나는 기쁨에 가득 차서 몇 번이나 일렀다.

이모라고 부를 날이 이내 찾아올 거라는 사실을 나는 확

고히 믿고 있었다. 내 손끝 하나에 불모의 집이 사람의 온기가 깃든 환한 집으로 변해간다는 사실은 정말 나를 기쁘게 했다. 사진에서 본 여름이의 엄마는 다감하고 따뜻한 눈웃음을 짓고 있었다. 입술이 도톰했고 이마는 넓고 가지런했다. 특히 목이 긴 것은 나하고도 많이 닮아 있었다. 살아 있을 때 어디선가 자주 보았던 것처럼 다정한 느낌이 들었다.

"ㅍ시 근처의 해수욕장에서 처음 만났지요."

사진을 들여다보는 내 등 뒤에서 그가 말했다.

"그 여자가 바다에 빠진 걸 내가 건져내어 인공호흡으로 살렸어요. 얼굴도 모르고 입술부터 만난 셈인데요, 사실은 그 여자도 그때 바닷가에 앉아 있다가 다른 어린아이가 튜브를 놓치고 허우적거리는 걸 보고 구하러 뛰어들었던 거예요."

알고 보니 그녀는 수영을 전혀 하지 못했다고 했다.

"수영도 못하면서 애가 허우적거리자 본능적으로 뛰어든 거지요. 참 무모한 친구였어요. 아이는 끝내 살리지 못했는데, 아내는 늘 그 애를 살리지 못한 걸 자기 탓으로 생각하고 괴로워했었어요."

설명하는데 그의 눈가에 가만히 습기가 드리웠다.

여름이가 뱃속에 들어서는 바람에 아무것도 준비 안 된

상태로 피차 어린 나이에 시작한 결혼 생활이었다. 그의 쌍꺼풀진 눈은 깊고 맑아서 유난히 착하고 슬퍼 보였다. 여름이의 눈 역시 그랬다. 그의 아내도 쌍꺼풀이 깊어 착해 뵈는 그들 부자의 눈매를 제일 좋아했다고 했다. 두 사람이 나란히 서서 해안도로 너머를 바라보는 걸 본 적이 있었는데, 먼 바다가 고스란히 달려와 눈 속에 누워 있었다. 바다보다 오히려 큰 눈이었다.

며칠 지나지 않아 아래위층이 모두 깨끗해졌다.

햇빛이 좋은 날, 아침 일찍 나는 시장에 들른 뒤 동백횟집으로 갔다. 비워둔 집이 많아 매립 지구는 낮에도 사람의 그림자를 만나기 어려웠다. 쓰레기들까지 여기저기 그대로 쌓여 있는 휑한 길에 가을 햇빛만이 투명하게 쏟아지고 있었다. 바다는 잔잔했다.

"굿모닝!"

나는 짐짓 명랑한 목소리로 인사했다.

두 사람은 보나 마나 목을 빼고 내가 오기를 기다렸을 터였다. "조금만 기다려요. 아점으로, 오늘 메뉴는 여름이가 좋아한다는 오므라이스!" 여름이는 어머니가 해주던 오므라이스를 좋아한다고 했다. 준비해온 대로 오므라이스를 만들고, 미역국을 끓이고, 새로 겉절이를 버무린 뒤 두부전도 부쳤다. 그들 부자는 그사이 청소를 다 끝내놓고 있었다. 그들은 각각 층계참과 창가에 앉은 채 내가 분주하게 음식을 만드는 걸 침묵 속에서 바라보고 있었다. 어쩌다가 눈이 마주치면 두 사람 모두 수줍은 듯 얼른 시선을 다른 데로 돌리는 것도 영락없이 닮은꼴이었다. 말수는 적었다. 나는 일부러 콧노래까지 흥얼거리며 식탁을 차렸다. 재바르게 손을 놀리는 바람에 이마에 땀방울이 맺혔다.

"여름아, 이모 이마에 땀 좀 닦아줄래?"

여름이가 귓불을 살짝 붉히면서 수건을 가져왔다.

나는 환히 웃으며 여름이 앞으로 이마를 쑥 내밀었다. 그 애가 섬세히 내 얼굴의 땀을 닦아주었다. 정말 큰 발전이 아닐 수 없었다. 나는 선물받은 어린아이처럼 소리 내어 호호호, 웃었다. 오랜만의 웃음소리였다. 부자와 내가 앉은뱅이 식탁을 사이에 두고 마침내 마주 앉았다. 식기들은 반짝반짝 윤이 나고, 새로 깐 식탁보는 새하얗고, 창밖엔 늦가을 햇빛이 환했다. 여름이에게 숟가락을 쥐여주었다.

"어때, 여름? 오므라이스, 맛있어?"

여름이가 고개를 끄덕거렸다.

"어때요, 미역국 간이 잘 맞아요?"

이번엔 그에게 물었다. 그 역시 고개만 살짝 끄덕거렸을 뿐이었다. 나 혼자 기분이 한껏 고양된 아이처럼 좋알거릴 뿐 그들은 아미(蛾眉)를 숙인 채 계속 숟가락질만 하고 있었다. "두 사람 다 뭐예요. 벙어리가 됐나. 도대체 맛이 있다는 거야, 없다는 거야?" 내 입술이 뾰로통하게 삐져나왔다. 바로 그때, 오므라이스에 숟가락을 박는 여름이의 눈가가 젖어드는 걸 나는 보았다. 그리고 놀랍게도 그의 눈가 역시 이미 젖어 있었다. 눈물을 감추려고 그가 짐짓 미역국에 더 깊이 코를 박았다. "훗, 잘하면 미역국에 얼굴 씻겠네." 내가 말했다.

못질을 한 창문을 활짝 연 것은 그날이었다.

아직 불안이 다 가신 것은 아니었지만 그래도 이제 창을 열 때가 됐다고 나는 생각했다. 저녁밥까지 해놓고 왔다가 다음 날 아침에 가보면 밥은 분명히 줄었는데, 설거지 거리는 남아 있지 않았다. 그가 설거지를 했는지 여름이가 했는지, 그런 건 물어볼 필요가 없었다.

그들은 변화하고 있었다.

내가 그들을 변화시켰다는 사실에 나는 살맛을 느꼈다. ㅁ시에 내려와선 한 번도 해보지 못한 경험이었다. 남편과 정우는 습관적 삶에 빠져 있었고, 내가 어떻게 정성을 쏟든

정체된 그들의 습관에 더 깊이 빠져들 뿐이었다. 아니 그들만이 빠져드는 게 아니라, 그들이 이제, 나까지 변화라곤 없는 그들의 수렁 속으로 끌고 가는 형국이었다. 나는 지쳐 있었다. 물론 정우를 픽업해 학원으로 데려가는 일도, 남편의 저녁밥상을 차리는 일도 게을리한 적은 한 번도 없었다. 그러나 그건 삶을 의무감에 의한 습관에 더 강력히 복종시키는 일에 불과했다.

나는 계속 나의 '비즈니스'를 중단하고 있었다.

당분간 정우의 과외비를 충당할 만한 돈은 저축되어 있었다. 나는 가끔 정준하, 또는 비즈니스맨, 하고 입속으로 그의 이름과 별명을 발음해보았다. '타잔'이라고 남몰래 불러보기도 했다. 정준하, 라고 부르면 다정했고, '비즈니스맨' 하고 부르면 웃겼으며, '타잔' 하면 신선했다. 아프리카 야생의 밀림에서 넝쿨식물의 줄기를 잡은 그의 품에 안겨 이나무에서 저 나무로 막 날아다니는 것 같은 느낌이 들었다. 그도 나를 만나고부터 '비즈니스'를 중단한 눈치였다. 내 몸을 요구하거나 하다못해 손이라도 잡으려 하는 법도 없었다. 오히려 몸이 닿을 듯하면 화들짝 놀라면서 얼굴을 붉히곤 했다.

"나의 비즈니스에 대해 왜 안 물어요?"

참다못해 내가 먼저 물었다. 그는 잠잠했다.

"솔직히 말해 과외비를 벌려고 시작했지만요, 요즘은 그 것만이 이유가 아닐지도 모른다는 생각을 가끔 해요. 그 냥…… 오늘도 내일도 변화라곤 없는 무난한 시간들, 혹은 무난하게 마모되는 것 같은 인생이 너무 싫었던 건지도 몰라요. 이곳은…… 수렁이에요."

우리들은 각각 딴 데를 바라보고 있었다.

바다를 향해 세워놓은 그의 차 안에 나란히 앉아 있을 때였다. 말을 해놓고 나자 내가 오히려 너무 뻔뻔한 것 같아 갑자기 몸서리가 쳐졌다. 그들 부자의 생생한 변화에 취해 잠시 잊은 것 같기도 했었지만, 내 삶이 이미 수렁 속에 빠져 있다는 걸 잊은 적은 없었다. 언제, 어디에서부터 내 삶이 어긋나기 시작한 것일까.

바다는 어두워서 아무것도 보이지 않았다.

"이곳에 내려와 1년은 괜찮았어요, 쉬는 기분도 들었구요. 하지만 1년쯤 지나니까 차츰 갇힌 느낌이 들기 시작했어요. 내 몸 내 집에서 생선 썩는 냄새 같은 것이 나기도 했고요. 그냥요, 혼자 빈집에 앉아 있으면 소리 없이, 내 살들이 닳아빠지는 소리, 그런 게 들리는. 그러니까, 과외비는 어쩜 핑계였을지도 몰라요."

눈물이 잠깐 났다. 그는 그러나 가만히 있었다.

"뭐라고 말 좀 해봐요."

"나는…… 그쪽 인생에…… 내가 너무 깊이 끼어들면 안 된다, 그 생각뿐이에요."

"아이 엄마인 내가…… 이렇게 부정한 일을 해서 상관하고 싶지 않다는 말인가요?"

"아, 아뇨!"

그가 당황한 듯 황급히 고개를 저었다.

"그게 아니에요. 무슨 일을 하든, 도둑질보다 더 비난해야 할 일이 있을라구요. 그런 일, 아무렇지 않아요. 염려하는 것은 그쪽이, 나로 인해 다치는 것이지요. 아내는 내가 시장 선거에 뛰어들고 시장 꽁무니를 따라다니는 걸 끝내 반대했어요. 변두리에서 작은 꽃집을 열자 했었지요. 그만한 돈은 있었으니까요. 심지어 아내는 내가 한 큐에 인생을 잡으려 한다고 비난하기도 했었어요. 언젠가 한 큐에 무너진다면서요. 결과적으로 아내의 예감은 들어맞았지요. 나는 아내만큼도 몰랐던 거예요. 큐대 끝을 간신히 잡았다가 정말 한 큐에 무너졌고, 그 바람에 아내가 내 대신 한 큐에 간 건데요, 내가 어떻게 또 다른 이를, 내 인생에, 감히 끌어들이겠어요?"

"……"

이번엔 내 쪽에서 침묵했다.

쓰레기차가 때마침 굉음을 내며 눈앞을 지나가고 있었다.

바다는 여전히 보이지 않았지만, 그러나 갑자기 세계의
구조가 환히 보이는 것 같았다. 거대한 터빈이 돌아가는 듯
한 환영이 나를 붙잡았다. 그가 말한 대로 그는 큐대의 한끝
을 간신히 붙잡으려 했을 뿐이었다. 그 '한 큐'의 중심에는
시장이나 국회의원을 비롯한 권력자들과 무한 경쟁을 부추
겨 더 큰 몫을 잡으려는 재벌들과 그들에게 더 교묘한 전술
과 이데올로기를 제공해 그 과실을 끝없이 따먹겠다는 수
많은 지식인, 상인, 금융인, 문화인들이 있었다. 신시가지는,
그 모든 것들이 연합해 만들어낸 불가사리 같은 구조가 쌓
아올린 하나의 표본이었다. 그리고 그것은 ㅁ시에서 끝나는
게 아니라, 1990년대 이후 우후죽순처럼 생겨난 전국의 모
든 신시가지들과 강력하게 맺어져 있었다.

찬바람이 가슴속으로 쏟아와, 지나갔다.

그의 아내 기일이 다가왔다.

"지금은 허물어지고 없지만요, 아내의 고향 집 뒷산에서
도 바다가 잘 보여요. 산주한테 허락도 안 받고 그 산, 제

일 깊은 곳, 잘생긴 나무 밑에 유골을 묻었지요." 그가 설명했고 "무슨 나무요?" 내가 무심코 반문했다. "이팝나무요." "이팝나무요? 하얀 꽃이 무더기무더기 피는?" 내 목소리에 서기가 드리웠다. "알아요, 그 나무?" "알다마다요." "아내가 살던 집 앞에 그 나무가 있었대요. 누가 다세대주택을 짓느라 베어버려 지금은 없는데요, 아내는 그 나무를 너무 좋아했었어요." "어쩜……." 나는 중얼거렸다. 내게도 가장 추억이 많은 게 이팝나무였다.

나는 기일 전날, 전을 부치고 나물 몇 가지를 해주었다.

다음 날 아내의 기일에 가져갈 수 있도록 과일과 북어포도 챙겨 보자기에 싸놓았다. 아름다운 이팝나무의 흰 꽃이 두서없이 눈앞을 스치고 지나갔다. 내가 다닌 여고의 후문 옆에 서 있던 나무였다. 백 년쯤 된 나무라고 했다. 꽃이 피면 폭설이 내려 덮인 것도 같았고, 하얀 꽃구름이 나무 위에 내려와 있는 것도 같았다.

"꽃이, 사발에 소복이 얹힌 쌀밥 같아 이밥나무가 됐대."

그렇게 설명해준 것은 그 시절 고시 공부에 여념 없었던 법대 4학년, 남편이었다. 담배를 피우는 남학생들과의 시비에 말려들어 싸우다가 피를 흘리고 있던 남편이 서 있던 곳도 그 나무 밑이었고, 내가 피를 닦으라고 손수건을 그에게 건넌 곳도 그 나무 밑이었으며, 다음 날 두 개의 손수건을 들고 그가 나를 기다린 곳도 바로 그 나무, 이팝나무 그늘이었다. 그리고 '인권 변호사'를 꿈꾸었던 가장 젊은 날의 법학도인 그가 전인미답의 내 입술에 자신의 입술을 포갬으로써 영원한 사랑을 맹세했던 곳도 바로 이팝나무, 푸르른 그늘에서였다.

다음 날 이른 아침이었다.

정우와 남편을 태워서 신시기지에 데려다주고 돌아오는데, 놀랍게도 여름이가 우리 집 대문간에 서 있었다. 머리도 가지런히 빗고 깨끗하게 갖춰 입은 것을 보니, 외출 준비를 하고 나서 나를 찾아 곧장 우리 집으로 온 것 같았다. "엄마 만나러 안 갔어? 왜 여기로 왔어?" 내가 묻자 여름이는 "그게…… 그게…… 그러니까……" 하며 고개를 외로 꼬고 발끝으로 담장 밑을 툭 찼다. 한 번 차고 만 것이 아니었다. 그 애는 이어서 계속 담장 밑을 차기 시작했다. 이렇게 저렇게 말을 시켜봐도 소용없었다. 나는 할 수 없이 그에게 전화를 걸었다.

"여름이가 여기 와 있어요."

"그놈의 자식, 먼저 나가 차에 타고 있으라고 했는데요,

내가 제수로 쓸 것들을 챙겨들고 나왔더니 그사이 없어졌지 뭐예요. 아마 함께 가고 싶어 그랬나 봐요. 좀만 기다리세요. 금방 갈게요. 내가 이놈을 그냥⋯⋯."

전화가 끊어졌다.

가슴 어딘가를 무엇인가 날카로운 쇳조각으로 긋고 가는 듯한 통증이 왔다. "나보고 같이 가자고 데리러 온 거였니?" 내가 물었고, 그 애가 비로소 고개를 끄덕거리며 "이, 이모니까⋯⋯" 하고 대답했다. 난감한 일이 아닐 수 없었다. 나는 아침 식탁을 차릴 때의 차림새 그대로였고, 주리와 점심을 함께하기로 약속도 되어 있었다. 그러나 내가 가지 않으면 그 애는 하루 종일 그곳에 서서 담벼락을 발로 찰 기세였다. "알았어. 담벼락 발로 차면 이모, 여름이랑 안 가. 그러니 발로 차는 거 뚝!" 내가 짐짓 미간을 찌푸리고 일렀다. 그 애의 발길질이 뚝 멈췄음은 물론이었다.

구름 한 점 없는 날씨였지만 바람 끝은 제법 차가웠다.

나는 얼른 세수를 하고 머리만을 빗어 묶은 다음, 결국 그들 부자와 동행해 차에 올랐다. 얼굴을 붉힌 채 그가 미안해서 쩔쩔매는 시늉을 했다. 그의 아내가 잠든 곳은 ㅁ시와 ㅍ시의 중간쯤으로 그다지 멀지 않았다. 그의 아내 고향이며 여름이의 외삼촌 하나가 아직도 살고 있는 마을이었다.

"얘 외삼촌, 새시 공장을 하다 망해 집을 다 팔고 그 동네에서 세 살아요. 뭐 옛집조차 허물어 다세대주택으로 둔갑했지만요." 그가 설명해주었다. 여름이의 외갓집이 있었다는 마을에선 다세대주택을 올리며 베어냈기 때문에 이팝나무를 볼 수 없었다. "저 산으로 들어가면 이팝나무 있어요." 마을 뒤편에서 비좁은 소로를 따라 오르다가 산의 중턱쯤에서는 골짜기 안쪽으로 휘어져 들어가자 쏙 들어간 분지 같은 곳이 나왔다. 깊은 골짜기였는데도 그곳에 당도하자 마을과 바다가 한눈에 내려다보였다. 비경이라 할 만큼 경치가 좋은 곳이었다. 한 아름은 됨직한 이팝나무가 거기에 서 있었다.

"이 밑에 유골을 묻었어요."

그가 여름이와 나란히 서서 이팝나무를 향해 절을 했다.

내가 기억하는 모교의 나무보다 더 크고 잘생긴 나무였다. 나뭇잎들이 다 떨어졌지만 말라붙은 검은 열매들은 더러 그대로 가지에 매달려 있었다. 바닥엔 이팝나무 떨어진 잎들이 잔뜩 쌓여 있어 밟을 때마다 바스락거리는 쾌청한 소리가 났다. 꽃만 아름다운 게 아니라 이팝나무는 잎도 참 아름다웠다.

"이팝나무 꽃 많이 피면 풍년이 든대."

청년이었던 남편의 목소리가 선연히 들렸다.

나무나 풀의 이름을 유난히 많이 알고 있는 사람이었다. 이팝나무가 물푸레나뭇과에 속한다는 것과, 잎을 따서 차로 마시기도 한다는 것과, 여름이 시작되는 입하에 꽃이 피기 때문에 입하목(入夏木)이라고 한다는 말을 해준 것도 푸르렀던 시절의 남편이었다. 이팝나무 그늘에서 그와 나누었던 첫 키스의 기억은 아직도 또렷했다. 졸업이 얼마 남지 않은 어느 저녁 무렵이었다. 교실 뒷정리를 맡은 날이라 혼자 늦게 나왔는데, 그가 이팝나무에 기대어 서서 나를 기다리고 있었다. "여기 좀 서봐." 그가 나를 나무에 기대 세우며 속삭였다. "눈을 감아봐." 그가 속삭였다. "네 모습이 어떤지 알아? 꼭 이팝나무 꽃 같아." 그의 입술이 내 입술에 닿았을 때 나는 들고 있던 가방을 그만 떨어뜨렸다. 그와 나의 가슴 속에서 둥둥둥, 북소리가 울려 나왔다. 사람의 가슴이 세상에서 가장 커다란 북이 될 수 있다는 걸 나는 그날 처음으로 알았다.

여름인 내가 동행한 것이 참 좋은가 보았다.

얼굴엔 화색이 돌았고, 콧구멍을 일없이 벌름벌름했다. "이 나무 이름, 뭐예요, 이모?"라고 물을 때는 놀랍게 말을 더듬지도 않았다. 난데없이 바위에 올라 보건체조를 하기도 했고, 산꼭대기까지 올라갔다가 오겠다면서 비탈길에 잰걸음을 놓기도 했다.

"걱정이에요. 이러다가 혹 만나지 못할 일 생기면 저 놈⋯⋯."

그가 잰걸음으로 사라지는 그 애를 눈으로 좇으며 한숨을 쉬었다.

우리는 이팝나무를 등지고 바다를 향해 나란히 앉아 있었다. 그의 손이 슬며시 내게로 와 손등에 놓였다. 미세한 떨림이 전해져왔다. 어딘지 모르게 불안한 떨림이었다. 무더기무더기로 핀 이팝나무 흰 꽃들이 그와 내 가슴속으로 사무치게 쏟아져 내리는 느낌이었다. 첫 키스 때 남편의 가슴을 울리고 나오던 북소리와는 사뭇 달랐다. 뭐랄까, 아직 아무것도 시작하지 않았는데 이미 모든 것을 잃은 듯한, 알 수 없는 상실감이 그 순간 나를 갑자기 사로잡았다. 너무도 짧은 시간에 너무도 깊어진 것 같아 와락 무섬증이 들기도 했다. 나는 슬쩍 손을 거두어들였다.

"애 엄마 집 자리가 저어기예요."

그가 짐짓 명랑한 목소리를 내며 마을을 가리켰다.

그의 아내는 겨울을 빼곤 이팝나무 아래 놓인 평상에서 살다시피 했던가 보았다. 그를 만나기 전까지, 그의 아내가 가진 추억의 8할이 이팝나무와 관계 맺고 있다는 말도 했다. "아내는 이팝나무 흰 꽃 같았어요." 남편이 첫 키스를 하면서 내게 해준 말도 이팝나무 흰 꽃 같다는 것이었다. 가슴속에 어느덧 슬픔이 가득 차서 아무 대답도 할 수 없었다. 정오의 햇빛을 받은 바다는 모시옷처럼 흰빛이었다.

"아내가 해준 이야기인데요."

바람이 조금씩 불었다.

"경상도 어느 마을에 나이 어린 며느리가 있었대요. 착한 며느리였지만 시어머니 구박이 자심했던가 봐요. 마침 제삿날이 와서 모처럼 쌀밥을 짓게 됐는데, 밥에 뜸이 잘 안 들면 큰일이구나 싶어 며느리가 솥을 열고 밥알 몇 개를 먹어보다가 시어머니한테 들킨 거예요. 그때부터 제사에 쓸 쌀밥을 며느리가 다 먹었다고, 학대가 말도 아니었지요. 시어머니 학대는 날이 갈수록 심해졌겠지요."

그의 목소리가 점점 더 깊어졌다.

"심지어 며느리를 굶기기도 하고 그랬다는 거예요. 어린 며느리는 학대를 참다못해 이듬해 끝내 목을 매고 죽었고요. 후에 그 며느리 무덤가에서 나무가 자라나더니 쌀밥 같은 흰 꽃을 가득가득 피워냈다지 뭡니까. 이밥에 한 맺힌 며느리의 영혼이 나무로 환생했다고 해서 그때부터 이팝나무라고 불렀다는 거예요."

장난기 많은 소년같이 그가 내 어깨를 툭 하고 건드렸다.

"아직도 밥 굶는 사람들 많아요. 개인소득이 2만 달러가 넘는다는데 한쪽에선 굶주리는 사람들이 그대로 있다는 게 말이 돼요? 여름이네 학교만 해도요, 점심시간에 슬그머니 없어졌다가 수업 시작돼야 나타나는 애들이 여럿 된대요. 도시락을 싸올 형편이 못 돼서요. 그 어린 며느리처럼, 이팝나무가 되고 싶은 애들이 '21세기 꿈의 도시'에 많다는 걸 누가 믿겠어요?"

돌아보니, 그는 입으로만 활짝 웃고 눈가는 젖어 있었다.

그 며칠 후 이번엔 조선소의 사택이 털렸다는 뉴스가 신문에 났다. 문제의 조선소는 신시가지 공업단지에서 가장 먼저 자리 잡은 기업이었고, 또 가장 규모가 큰 거대 기업이었다. 털린 곳은 방조제로 만들어진 호수 끝에 자리 잡은 CEO의 사택이었다. 도둑은 담대하게도 가정부와 정원사가 아래층에서 점심을 먹고 있던 한낮에, 청소 직후 환기를 위해 창을 열어놓은 2층의 베란다를 통해 침입, 서재와 부부 침실을 뒤졌던가 보았다. 이번에도 역시 도난품 목록은 발표되지 않았다. 잃어버린 물품이 미미하다 했지만 그것을 곧이곧대로 믿는 시민은 별로 없었다. 도둑의 운동화 발자 국 표본을 베란다에서 채취했다는 기사문이 덧붙여 있었다.

조선소 사장의 사택을 턴 것이 그라는 사실을 확인한 것 은 그 이틀 후 저녁이었다. 남편이 잠들고 나서 정우를 데려 오기 위해 나선 길에 시간이 많이 남아 그에게 들렀다가 자 루를 들고 나오는 그와 딱 맞닥뜨린 것이었다. 자루 속엔 운 동화가 들어 있었다. 조선소 사택을 턴 도적의 운동화 자국 을 채취했다는 지역신문 기사가 생각났다. 그도 그 기사를 읽었던가 보았다. "그걸 어디 묻을 건가요?" 내가 물었고 "벽돌도 같이 넣었어요. 바다에 버리면 돼요." 그가 담담히 대답했다.

"머지않아 떠오를 거예요."

내가 말하자, 그가 안에 가서 삽을 들고 나왔다.

냉동 창고 뒷길을 통해 그가 야산으로 올라가는 것을 나 는 말없이 보고 있었다. 별빛도 없는 밤이었다. 나는 어둠 속에 서서 행여 그쪽으로 접근하는 사람이 없는지 신경을 곤두세우고 있었다. 처음으로 완벽하게 공범이 된 듯한 기 분이 들었다. 잠시 가슴이 쿵쾅거리기도 했다. 그는 운동화 가 담긴 자루를 묻고 이내 산을 내려왔다. 사랑하는 사람이라도 묻고 내려온 것처럼 횅한 표정이었다. 생각해보면 그 자신의 고백을 얼핏 들었을 뿐, 그가 명백하게 '타잔'이라는 걸 감각적으로 확인한 건 그날 밤이 처음이었다.

"내가 시장의 집도 털었어요."

그가 얼마 전 무심코 말했던 걸, 나는 상기했다.

며칠 동안의 청소로 그의 집이 아주 깨끗해진 날이었다. 아래층에서 마주 앉아 커피를 마시다가 그는 너무도 쉽게, 마치 지나는 사람에게 담뱃불이라도 빌려달라는 듯이 그 말을 내뱉었다. 이상한 것은 내 쪽이었다. 밑도 끝도 없는 그의 고백에 이상할 정도로 나는 놀라지 않았고, 특별한 충격도 받지 않았다. 그냥 뚱하니, 그를 한 번 건너다봤을 뿐이었다. 내게 자폐증 걸린 아들이 하나 있어요, 라는 말을 들을 때와 거의 같은 느낌이었다.

"놀라지 않으시네요?"

그가 내 시선을 붙잡으며 그렇게 말했을 정도였다.

나는 아무 대답도 하지 않았다. 어차피 나와 상관없는 일이야, 라고 생각했다. 나는 도둑맞은 게 전혀 없으니 억울할 게 없었고, 그렇다고 시장이나 부자들에게 어떤 적개심도 갖고 있지 않았으니 특별한 쾌감 같은 것도 없었다. 나는 담담히 그 말을 들었고, 그리고 곧 잊어버렸다. 잊어버린 것 같았다. 가끔 이상하다고 생각한 것이 있다면 그가 나의 무엇을 믿고 아무렇지도 않게 툭, 그 말을 내뱉었을까, 하는 점이었다.

그는 그렇지, '타잔'이야.

처음 고백을 들었던 그때보다 지금이 오히려 실감 났다. 신열이 오르는 느낌이었다. 밝은 곳이었다면 가만히 앉아 있지 못하고 차 밖으로 뛰쳐나왔을 것 같았다. 그는 도둑이야, 라고 나는 소리 없이 중얼거렸다. 자루에 담겨 땅속에 묻혔을 그의 운동화들이 두서없이 환영으로 떠올랐다가 꺼졌다. 조선소 사장의 사택 베란다에 찍혔다는 운동화 자국까지 선연히 보이는 기분이 들었다.

우리는 어두운 차 안에 나란히 앉아 있었다.

과외가 끝나는 정우를 픽업할 시간은 아직도 한 시간이나 남아 있었다. 운동화를 묻고 온 그가 부스럭거리더니 담배를 꺼내 물고 라이터를 켜댔다. 라이터 불빛에 잠깐 드러난 그의 얼굴은 아직껏 땀에 젖어 있었다. "나도 담배 하나 줘 봐요." 내가 다급한 소리로 말했다. 그가 힐끗 돌아보고 담배 한 개비에 불을 붙여 건넸다. "불안하신가요?" 그가 족집게처럼 내 마음을 끄집어냈고, 나는 대답 대신 더 깊이 연기를 힘껏 들이마셨다.

"불안해할 필요는 없어요. 그쪽은 아무것도 모르는 일이니까요."

"시장 금고엔 보석이 많았었던가요? 그것들은 모두 어떻게 했나요?"

"한 가지씩 물어봐요."

그가 조금 웃었다고 느꼈다.

그가 몇몇 집에서 훔쳐낸 것은 얼마간의 달러와 보석들과 고급 시계, 그리고 주식, 채권 따위였다. 시장의 금고엔 금괴도 들어 있었다고 했다. 금고 따는 법을 배운 것은 강력계 형사로 재직할 때였다. 도둑을 잡기 위해 도둑들의 모든 수법을 그는 철저히 학습했고, 그 학습 내용을 마침내 실전에 활용했다. 훔치는 것은 그다지 어렵지 않더라고 그는 덧붙였다. 목걸이나 반지 따위도 있었지만 세공이 안 된 알갱이 보석들도 있었다. 그의 아파트는 빚쟁이들이 압류 처분해 진즉에 나눠 가졌고 '동백횟집'은 은행이 압류해 경매 물건으로 올라 있었다.

워낙 살 사람이 없어 두 번이나 유찰됐다고 했다.

그가 희망하는 것은 누구의 이름으로 낙찰을 받든지, '동백횟집'을 다시 찾는 것이었다. 쓰레기 소각장으로 내뻗은 해안도로가 문제지만, 애당초 잘못 놓인 도로니 언젠가 반드시 철거하거나 우회 도로를 내게 될 거라고 그는 굳게 믿고 있었다. 실제 매립지 지주들과 몇몇 환경 단체 사람들은 최근 쓰레기 소각장 자체를 다른 곳으로 옮기든지, 구시가지 앞바다를 가로막고 있는 흉물인 해안도로를 철거하라는 청원서를 요로에 내고 있었다. 시는 그러나 꿈쩍도 하지 않았다. 소문에 따르면 쓰레기 소각장으로 이어진 해안도로의 원래 예정지는 구시가지를 우회하는 운류산 자락 쪽이었는데, 그쪽은 국회의원, 시장 등의 친인척을 비롯한 힘 있는 사람들이 이미 땅을 많이 사두었기 때문에, 개펄을 가로지르는 지금의 노선으로 바뀌었다고들 했다. 그 대신 원래 예정지였다고 회자되는 운류산 자락은 최근 테마파크 예정지로 지정되어 땅값이 갑자기 두 배나 뛰었다.

"보석이나 채권은 소용없어요. 현금으로 바꿔야 제값을 하지요."

그가 담배를 바다 쪽으로 내던지며 자조적으로 웃으며 말했다.

훔치는 것은 쉬웠으나 값비싼 보석을 꼬리 잡히지 않고 현금으로 바꾸는 것은 그에게도 쉽지 않은 일이었다. "내가 아는 사람들은 다 보통 사람이에요. 비싼 보석을 사줄 사람이 없으니 보석상이나 장물 취급을 하는 사람들한테 선을 대야 하는데, 너무 위험해서요." 경찰로 있을 때 알던 장물아비들이 있기는 있었다. 그러나 모두 '양아치 같은 종자'들이니 믿을 수 없을뿐더러, 보나 마나 장물이라고 여기면 시가의 삼분지 일 이하로 후려칠 거라고 그는 설명했다. 위험을 감수하면서 가격도 터무니없이 받아야 하니 문제였다.

그가 경찰에 몸담고 있던 시기는 3년 남짓이었다.

관내 유흥업소의 불법적 영업을 단속하면서 여러 차례 비리로 가득 찬 동료 경찰들과 충돌하기도 했던 시절이었다. 그 시절의 그는 타협이라곤 할 줄 모르는 우직하고 정직한 사람이었다. 업소에서 뇌물을 주면 뇌물죄를 추가했고, 업소들과 내통하거나 뇌물을 받는 동료들은 가차 없이 감찰부서로 넘겼다. 결과적으로 불법 영업을 일삼는 업주들은 물론 동료들에게까지 그라는 존재는 눈엣가시가 되었다. 그를 쫓아내려고, 업주들과 동료 경찰이 짜고 파놓은 함정은 도처에 있었다. 그는 결국 음모에 말려들었고, 마침내 비리 경찰로 몰려 경찰복을 벗지 않을 수 없었다. 터무니없는 모함이었지만 업주들과 동료 경찰들이 짜 맞춘 너무도 교묘한 함정이어서 빠져나올 길이 없었다.

그의 인생이 뒤바뀐 것은 그때부터였다.

한동안은 세상에 대한 원망과 적개심 때문에 무력증에 걸려 알코올중독자로 산 적도 있었다. 사랑과 의리, 또는 모든 윤리성도 이미 돈에 잡아먹힌 세상이라는 걸 그는 뒤늦게 깨달았다. 아내가 눈물로 호소했다. 자폐아였던 여름이도 그가 수렁 밑으로 가라앉을 수만은 없는 이유가 되었다. 서울을 떠나 아내의 고향이 가까운 ㅁ시로 내려올 때, 비로소 그는 인생을 새로 출발하자고 생각했다. 열심히 살았다. 그러나 권력을 가진 자와 돈 가진 자는 어디서나 한통속이었다. 많이 배운 머리 좋은 자들도 물론 그 한통속의 세상에 들어 있었다. 경찰에서 쫓겨난 일은 그런 세상을 몰라서 당했기 때문에 그래도 잊을 수 있었다. 하지만 ㅁ시에서의 실패는 세상 구조를 알면서 당한 일이었다.

"그럼 어떡해요?"

한참 만에 내가 물었다.

"묘안이 하나 있긴 하지만요, 역시 위험해서요."

그는 초조한 듯, 담배 한 개비를 더 꺼내 물었다. 내가 라이터를 켜서 그의 담배에 불을 붙여주었다. 그의 눈빛이 라이터 불빛과 만나면서 번쩍했다. "다른 사람은 모르지만, 시장의 집에서 가져온 물건들은 시장한테 되팔까 생각해보고 있어요." 그가 연기를 길게 내뿜으며 말했다. 갈라진 목소리였다. 그의 말을 알아듣지 못해 나는 얼른, 고개를 돌려 그를 정면으로 바라보았다. 가로등 불빛이 그의 까칠한 광대뼈에 닿고 있었다.

"시가의 반값만 내라면 사지 않을까 해서요."

"무슨 말인지 모르겠어요. 시장 집에서 훔쳐온 걸 시장한테 팔다니?"

"공개된 시장의 재산은 5억도 채 안 돼요. 내가 그 집 금고에서 가져온 것만 해도 5억이 훨씬 넘는데요. 다 뇌물로 받은 거지요. 시장은 절대로 도난품을 경찰에 다 신고하지 않았을 거예요. 공중에 붕 뜬 물건이지요. 내가 협상하자 해도 섣불리 나를 신고하진 못할 거라고 봐요."

"정말로, 신고하지 못할까요?"

내 목소리가 한 옥타브 올라갔고, 그가 빙그레 웃었다.

펄쩍 뛰어오르는 내 반응이 귀엽다고 생각한 눈치였다. 뭐랄까, 나는 싱싱한 물고기를 손바닥으로 잡아 올렸을 때처럼 그 순간 아주 상쾌하고 신선했다. 그것은 전혀 예상하지 못했던 감정이었다. 가슴이 두근거리던 좀 전의 불안과 두려움은 어느새 온데간데없었다. 이것저것 재보고 나서 느낀 상쾌함은 물론 아니었다. 훔쳐낸 것을 시장에게 되판다는 상상만으로도 상쾌하기 이를 데 없었다.

"신고하지 못한다고 자기 물건을 시장이 사려 할까요?"

나는 들뜬 목소리로, 조금 떨면서 덧붙여 물었다.

"쉽진 않겠지만요. 나로서는 어차피 이판사판이니까요. 내가 붙잡히면 자신도 뇌물죄로 붙잡혀 갈 수 있다는 것을 뚜렷이 느끼도록 한다면 승산이 있다고 봐요. 자신을 가리켜 비즈니스맨이라고 스스로 부른 사람이잖아요? 비즈니스 안목으로만 보면, 내 제안을 들어야 옳지요. 어차피 물건은 영원히 찾아낼 수 없는 곳에 숨겨둘 거구요."

그도 유쾌한 기분이 드는지 클클클, 웃었다.

주리가 비로소 떠올랐다. 그가 '타잔'이라는 걸 알고도 그동안 주리가 떠오르지 않았던 게 오히려 이상했다. 주리네 집에선 에메랄드 이외에 무엇을 더 가져왔냐고 그에게 물어봐야 할 차례였다. 아니, 주리네 빌라를 턴 것이 확실히 그인지를 먼저 물어야 할 터였다. 주리네 빌라에서 털어온 물건이 그의 수중에 있다면, 혹시 주리와의 거래도 가능한 게 아닐까. 어차피 찾는다는 보장이 없다고 생각하면, 반값에 물건을 되돌려 받는다는 제의는, 분명 '비즈니스' 감각이 탁월한 그쪽에서도 괜찮은 조건일 수 있었다.

"떨려요. 영화 보는 거 같아요!"

내가 말하며 그의 손을 더듬어 잡았다. 피차 땀이 끈적했다.

가을이 끝날 무렵, '타잔'이 검거됐다는 소문이 잠깐 돌았다.

검거된 것은 '타잔'이 아니라 사채업자를 죽인 살인자였다. 그리고 그 무렵 강도 사건이 또 일어났다. 스타킹을 뒤집어쓴 강도는 쓸 만한 것을 다 챙기고 나서 집주인 여자를 강간한 뒤 유유히 사라졌다고 했다. 그가 아니라는 건 명백했다. 강간 사건과 도난 사건은 이후에도 연이어 일어났다.

"나, 아니에요."

뉴스를 듣다가 나와 눈이 마주친 그가 웃으며 손을 내저었다. '타잔'으로 촉발된 '타잔'의 모방 범죄들이 도미노로 터지고 있었다. 순찰은 강화됐고 사려 깊은 시민들은 외출을 삼갔다. 그러나 신시가지의 유흥가는 여전히 흥청망청했다. 머지않아, 겨울이었다.

먼바다가 나날이 가라앉고 있었다.

무국적자들

도둑맞은 목걸이 세트, 몇천만 원이면 살 수 있는 물건이
냐고, 주리에게 물어보았다. "몇천만 원?" 그녀가 전화기 너
머에서 쿡쿡거리는 어조로 반문했고, 내가 당황해 꽁무니를
슬쩍 뺐다. "아니 뭐, 에메랄드 값이 얼마나 하는가 궁금해
서."

"1억이라도 똑같은 거 있다면 사고 싶다!"

그녀는 대뜸 활달한 목소리로 대답했다.

"보석은, 같은 에메랄드라고 해도 값이 하늘과 땅 차이야.
반지 하나에 2억짜리도 있는걸. 그 정도는 아니지만, 내 것
도 쉽게 구할 수 있는 물건은 아냐. 언젠가는 그보다 싸게

라도 팔아먹을 수 있을 텐데, 그것만 생각하면 속상해 죽겠어. 몇천만 원에 되찾으면 남는 장사지." 그녀는 역시 타고난 '비즈니스' 감각을 갖고 있었다. 말은 속상해 죽겠다면서, 다른 좋은 일이라도 있는지 그녀의 목소리는 평소보다 훨씬 고양돼 있었다.

가슴이 괜히 두근거렸다.

"그나저나 전화 끊고 꽃단장한 뒤 나와라. 점심 함께 먹게. 미스터 정, 얼굴 봬주려고." 그녀가 이어 말했고, 내가 더듬거리며 반문했다. "미, 미스터 정?" "아이참, 내 러브. 아침에 나 쫓아 내려왔거든. 엊그제 보고 내려왔는데 이틀을 못 참고 쫓아왔지 뭐니. 역시 피가 젊어서, 후훗, 못 말린다니깐." 그녀의 목소리가 왜 그렇게 고양돼 있는지 비로소 나는 알아차렸다.

거리는 떨어진 낙엽들이 쌓여 금빛으로 황홀했다.

그녀와 약속한 호숫가 레스토랑 앞 거리도 낙엽들이 지천이었다. 우리는 호수가 한눈에 내려다보이는 5층 레스토랑에서 함께 점심을 먹었고 커피를 마셨다. 청년은 준수한 외모에 표준적인 체격과 맑은 눈빛을 갖고 있었다. 그녀가 아닌 누구라도 반할 만한 외모였다. 마음에 걸린 건 식사를 할 때 포크질이 너무 빠르고 거칠다는 느낌이 든 것뿐이었다.

말없이, 그러나 빠른 손놀림으로 청년은 제 접시의 스테이크를 먹고 나서 그녀가 반을 잘라 건네준 스테이크까지 굶주린 사람처럼 남김없이 먹어치웠다. 청년의 맑은 눈빛 뒤에 감춰진 야수적인 욕망을 언뜻 본 듯한 느낌이 들었다.

"서울에, 화랑을 낼까 해."

커피를 마시면서 그녀가 말했다.

청년은 아무 말도 하지 않았다. 그 침묵 때문에 화랑을 내고 싶어 하는 것은 그녀가 아니라 청년이라는 걸 나는 눈치챘다. 청년과 함께 있어서인지 그녀는 평소보다 말이 많았고 눈빛에 서기가 가득했다. 청년은 아직 개인전을 한 번도 열지 않은 젊은 화가였다. 청년의 이름으로 화랑을 오픈하고 싶다고 말하면서 그녀는 정이 담뿍 서린 표정으로 다시 청년을 돌아다보았다. 청년은 여전히 별 반응이 없었다.

"갑자기 화랑이라니, 너무 서둘진 마."

"그이하고 얘기도 다 끝냈는데 뭐. 내가 말했잖아. 그이에게 여자 있다고. 이혼 이야기를 공식적으로 먼저 꺼낸 것도 그이지 내가 아니야. 애는 자기가 맡겠대. 물론 동의했어. 애는 어차피 곧 영국으로 보낼 거야. 귀족들이 다니는 이튼 스쿨에 입학 허가를 신청해놨어. 여기 있어봤자 뻔한걸 뭐. 잘해봐야 외국어고등학교, 아니면 자율고야. 그 정도에 목숨 거는 부모들 우스워. 교육도 투자 대비 이윤을 생각해봐야지. 이 나라에 무슨 교육이라는 게 있니. 영국에 보낼 때까진 주말만 내게 데려와서 있다 가게 할 생각이야."

그녀에겐 중학교 다니는 아들이 하나 있었다.

외국어고등학교나 자율고에 '목숨 거는 우스운 부모'는 나였다. 본인의 재능이나 지향은 중요하지 않았다. 오직 외국어고등학교를 보내기 위해 초등학교 이전부터 과외를 시키는 부모가 많았다. 주말엔 서울의 영어 학습반에 보냈고 방학엔 외국의 영어 학교에 보냈다. 영어 이외의 다른 외국어 학습을 초등학교 저학년부터 습득시키는 사람들도 날로 늘어나고 있었다. 외고와 자율고의 다음 목표는 서울대나 외국의 명문대였다. 명문 대학에 보내기 위해 어렸을 때부터 아이들을 학습의 로봇으로 만드는 부모가 최상의 부모였다. 그녀 말대로 투자와 견줘 최상의 부가가치를 내는 게 교육의 목표가 된 지는 이미 오래되었다. 어렸을 때부터 아이를 학습의 로봇으로 만드는 일이 우선이었고, 그러자면 체계가 필요했다. 요즘은 상담을 통해 과외의 프로그램만을 컨설팅해주는 것만으로 몇백만 원을 받는 사람이 있었다. 겨우 주민등록을 옮겨 신도시 중학교에 진학시키는 것 정도는 사실 아무나 할 수 있는 일이었다.

어떤 사람들은 어린 시절부터 아이들을 서울로 보냈다.

아예 미국이나 유럽으로 보내는 사람들도 많았다. 그들은 외고, 서울대로 이어지는 일반적인 단계, 그 너머의 또 다른 특수한 곳에 존재했다. 아이를 위해 외국에 저택을 마련한 부모도 있었고, 특별 과외를 시키는 부모도 있었다. 유학 간 아이들이 특별히 받는 과외는 주로 승마나 골프 같은 과목이었다. 그런 아이들은 자신이 '성골(聖骨)'이라고 믿었고, '귀족'으로 성장했다. 귀족으로 성장해 돌아오면, 부모들이 가진 재산이나 기업이 그들을 기다리고 있었다. 죽어라 공부해 외고, 서울대를 나온 가난한 집 수재들이 그들의 고용을 기다리고 있다는 걸 그들은 잘 알고 있었다. 엄밀히 말해 정우처럼 가진 것 없는 집 아이들은 그들 귀족의 명을 받고 그들의 재산을 더 불리는 전사(戰士)로 키워지고 있는 셈이었다. 부(富)의 세습적 구조는 날이 갈수록 오히려 깊어졌다. 그리고 그런 구조는 전선(戰線)조차 뚜렷이 없을 뿐만 아니라 이미 세계적이었기 때문에, 뿌리치거나 깨부술 방도가 전무했다. 뿌리치면 실패자로 세상 끝으로 밀려나야 했고, 깨부수려 하면 감옥에 가야 했다. 그러니, 가난한 집의 아이들은 귀족의 전사가 되는 길을 좇아갈 수밖에 없었다.

처녀 때부터 주리는 아이 갖는 걸 싫어했다.

모든 어머니가 다 나 같지 않다는 걸 알게 해준 것이 바로 그녀였다. 결혼하지 못하고 혼자 살더라도 여자로서 아이만은 갖고 싶다는 나의 말을 그녀는 도저히 이해하지 못했다. 그녀는 펄펄 뛰었다. "어떻게 그런 생각을 다 하니?" 아이를 갖는다는 건 끔찍한 일이라고 그녀는 말했다. 아이에게 젖을 물리는 상상만 해도 소름이 돋는다고 말한 일도 있었다. 아이 때문에 몸매가 망가질까 봐 극도로 걱정하기도 했으며, 아이를 위한 일방적인 헌신으로 나날이 빠르게 늙어가는 여자들을 꽁공연히 혐오했다. 그녀가 믿는바, '비즈니스' 감각으로 보자면, 아이를 낳는다는 것은 어리석은 투자였다. 시댁에서 줄기차게 요구하지 않았다면 그녀는 끝내 아이를 낳지 않았을 터였다. 그녀의 아들은 몸이 약골이었고 그녀와 남편 중 누구와도 닮지 않았다. 나는 그 아이가 정말 그녀가 남편과의 관계에서 얻은 아이일까 의심한 적이 있었다. 아이를 가질 무렵에도 그녀에게는 숨겨진 남자가 있었으니까. 하지만, 내가 슬쩍 떠보았을 때, 그 점만은 그녀도 펄쩍 뛰며 강력히 부정했다.

"우리 미스터 정도 준이, 좋아하거든. 그렇지?"

주리가 청년의 어깨를 툭하고 건드렸다.

청년이 건성으로 고개를 끄덕이다가 긍정도 부정도 없이

씩 웃었다. 잇속 또한 좋았다. 소리 없이 웃는데도 주위가 한순간 환해지는 느낌이 들었다. 화장을 진하게 하고 한껏 젊게 차려입었으나 청년과 나란히 앉아 있으니까 그녀는 오히려 나이보다 더 늙어 보였다. 마치 불빛이 환해지면 그 그늘이 더 어두워지는 것과 같은 이치였다.

"사실 난 그이가 그리 쉽게 이혼에 합의해줄 줄 몰랐어."

"위자료 문제도 남편과 합의한 거니?"

"물론이지. 인색할 거라고 여겼는데 생각보다 쿨하더라 구. 여자한테 단단히 빠진 눈치야. 모르지 뭐. 임신이라도 시킨 건지. 서로 딜한 셈이라고나 할까. 서류 정리 끝나는 대로 우리도 살림 합칠 거야. 송파동에 내 앞으로 아파트 하 나 사둔 게 있거든."

"네가 그런 스케줄 가진 거, 니 남편도 알아?"

"그거까진 모르겠지만 사랑하는 사람 있다는 건 말했어. 웃던데. 웃으면서 보여달래. 훗, 당근 싫다고 했어. 견물생 심, 이 사람이 저보다 멋지고 젊다는 걸 알면 훼방 놓을까 봐서. 후훗, 내가 잘했지?"

청년의 손을 당겨 잡으며 그녀가 소리 내어 웃었다.

나는 속으로 강한 반감을 느꼈다. 일찍이 젊은 미모를 팔 아 돈을 샀던 그녀에게, 인생이란 그 전부가 한낱 '비즈니

스' 같은 것에 불과했다. 그런데 그녀가 이제 돈을 팔아 사
랑을 사려 하고 있었다. 청년의 눈가에 알 수 없는 긴장감이
잠깐 서리는 듯했다. 청년은 계속 창밖을 바라보고 있었다.
짐짓 대화에 끼지 않겠다는 태도였다. 이혼에 따른 위자료
는 적지 않을 것이었다. 청년의 머릿속에 지금 흐르는 것은,
사랑이 아니라 그녀가 받을 위자료가 가져다줄 꿀 같은 소
비의 자유일 것이라고 나는 상상했다.

나로서는 그것이 더 마음에 드는 상상이었다.

사랑을 믿고 살던 나의 스무 살을 어리석다고 비판하던
그녀가 이제 와 사랑 때문에 '비즈니스'의 길을 버리려 하
다니, 인생이란 이렇게 공평해지는 것이구나, 하는 생각도
들었다. 올해가 지나면 그녀 또한 '인생의 본문'이 끝나는
마흔에 도달할 터였다. 주름살은 가속도를 늘려가고 D컵
사이즈의 가슴은 풍화된 무덤처럼 무너져 내려앉을 것이며
허리엔 퇴적물이 쌓이듯 살이 찔 것이었다. 이제 서른 살로
서 인생의 황금기를 맞이하고 있는 이목구비 수려한 이 청
년이 머물러 집을 짓기에는 너무나 낡은 터였다.

앞을 봐.

나는 그녀에게 말하고 싶었다.

늙어가는 네 몸을 봐.

그렇지만, 먼저 들이닥친 것은 청년의 배신이 아니었다.

가진 자들이 가진 것들을 지키는 일에서 얼마나 용의주도하고 전략적인지 간과한 것이 그녀의 실수였다. 처녀 때의 그녀라면 차라리 모든 것을 충분이 예상하고 예비했을 테지만, 그녀는 이미 맹목적인 사랑에 빠진 나의 스무 살과 같은 시절로 되돌아가 있었기 때문에, 앞을 거의 보지 못하고 있었다. 다급한 그녀의 전화를 받은 것은 바로 그날 저녁이었다.

"여기, 경찰서 유치장이야."

그녀가 날이 잔뜩 선 목소리로 말했다.

"남편이 함정을 파고 기다리다가 선수를 친 거야. 미스터 정도 함께 있어."

"간통으로 신고했단 말야, 니 남편이?"

"응. 위자료 많이 안 주려고 벌이는 짓이지."

그녀는 청년과 호텔에 있다가 남편의 신고를 받고 출동한 경찰에게 형법 241조 간통죄를 위반한 현행범으로 붙잡혀 유치장에 수감됐다. 어차피 돌아올 수 없는 강을 건넜다고 판단한 남편이 이혼에 합의하겠다는 말로 그녀를 안심시킨 뒤에 호텔방을 덮쳐 벌거벗고 있는 그녀와 그녀의 '미스터 정'을 체포, 구금시켰다. 좀 망신스럽더라도 감옥에 가둬놓고 회유해 위자료를 최소화한 다음 이혼하겠다는 것이 남편의 전략이었다. 그녀의 남편은 '비즈니스' 전략에서도 그녀보다 분명히 한 수 위였다. "여기서 좀 보내야 할 거 같으니 틈날 때 내 작업실에 좀 들러줘." 그녀가 덧붙여 말했다. 화분에 물도 좀 주라고 했다. 신시가지에 있는 그녀의 작업실 열쇠는 나도 갖고 있었다.

간통은 배우자가 고소를 취하하면 언제든지 풀려날 수 있었다.

'사생활의 비밀과 자유'를 제한하는 후진적인 법조항이라면서 폐지된다 안 된다 하던 간통죄가 아직 그대로 존속되고 있다는 것을 나는 비로소 알았다. 그녀는 남편과 합의하지 않는 한 법 규정대로 2년 이하의 형을 언도받게 될 터였다. 헌법재판소도 간통죄를 가리켜 '개인의 존엄과 양성의 평등을 기초한 혼인과 가정생활의 유지 의무 이행에 부합'하는 합법적 조항이라고 결정한 바 있다고 했다. 남편에게도 여자가 있다고 그녀는 말했으나, 증거 불충분으로 소용없는 짓에 불과했다.

마음이 아파서 나는 밤잠을 이룰 수가 없었다.

불안하기도 했다. 파멸은 주리만이 아니라 내게도 서서히

다가오고 있다는 예감이 들었다. '동백횟집'에 대한 3차 경매의 수순이 진행되고 있었다. 그는 3차 경매에서라도 동백횟집을 낙찰받으려고 피어리게 움직이고 있었다. 가지고 있는 패물들의 현금화가 관건이었다. 서울에 올라가 장물아비들과 선(線)을 대보기도 했다고 했다. "나쁜 놈들, 아예 거저 먹으려고 들어요." 그가 혼잣소리처럼 말했다.

나는 그 무렵에도 여전히 동백횟집에 드나들고 있었다.

나의 '비즈니스'는 중단되어 있었다. 그가 그 일에 대해 물어오는 법도 없었다. 그의 '비즈니스'에 관해서 물론 나도 가급적 입을 다물었다. 동백횟집에서 함께 준비하고 함께 식사를 할 때, 우리가 자주 가족 같은 느낌을 받은 건 사실이었다. 그렇지만 느낌뿐이었다. 그와 나 사이엔 분명히 깨어지지 않는 유리창과도 같은 어떤 막이 존재하고 있었다. 우리는 포옹도 키스도 하지 않았고 잠자리를 하지도 않았다. 파멸의 어두운 아가리가 우리를 압박하고 있기 때문이었다.

나는 남편의 잠든 얼굴을 가만히 들여다보았다.

남편은 코조차 골지 않고 깊은 잠에 빠져 있었다. 가로등의 잔영을 받고 있는 남편의 얼굴은 생의 욕망을 다 소진한 노인의 그것처럼 늙어 보였다. 조금씩 꿈이 빠져나가는 산화(酸化)의 과정을 거쳐 마침내 아무것도 깃들여 있지 않은 메마른 사막의 표정에 도달하는 일이 늙는 것이라면, 남편의 잠든 얼굴은 그대로 사막이었다. 이제 불과 40대 중반인데 어떻게 이처럼, 걸어가야 할 앞길이 조금도 남아 있지 않은 텅 빈 표정으로 잠들 수가 있단 말인가.

나는 가만히 일어나 이번엔 정우의 방으로 갔다.

정우는 때마침 이불을 발로 차내며 뽀드득뽀드득 하고 이를 갈고 있었다. 남편의 잠든 얼굴과 너무도 대조적이었다. 나는 우두커니 서서 정우의 이 가는 소리를 들었다. 예전엔 보지 못했던 습관이었다. 온몸이 부르르 떨렸다. 아이가 이를 갈면서 걸어가야 할 벼랑길이 한눈에 바라보이는 기분이었다. 그것은 내가 몸을 팔면서까지 부추기고 내몰아온, 자본주의 무한 경쟁 사이로 난 광포하고 가파른 벼랑길이었다. 패배하면 죽는다, 라고 말해온 것이 나였고, 아비가 갔던 길을 답습하면 안 된다, 라고 채찍질해온 것이 나였다.

나는 그 애가 오로지 전사가 되기를 바랐다.

지어미의 자리를 다 버리면서까지 내가 '비즈니스'에서 얻은 수익으로 사고자 한 것도, 생각하면 그 광포한 전사의 길로 아이를 내몰기 위한 가죽 채찍 같은 것에 불과했다. 전사가 되지 않으면 살아남을 수 없는 전선은 이미 침대 속까지 들어와 있었다. 자식의 과외비를 벌기 위해 오욕이 가득한 화류항(花柳巷)으로 나가는 어미들이 있는 유례없는 나라가 내 조국이고, 그 어미의 가죽 채찍질을 사랑으로 받아들이며, 세습되는 '귀족'들의 앞길을 열어주기 위해 오직 약육강식의 정글 속을 헤쳐나가는 전사로 길러지는 아이들의 나라가 내 조국이었다. 어머니는 조국이다, 라는 잠언이 떠올랐다. 꿈이 조국이라는 말도 들은 적이 있었다. 잠의 어두운 터널에서조차 이를 갈며 전사의 길을 가고 있는 정우의 얼굴엔, 그러나 차라리 '조국'이 없었다. 조국이 없는, 아이의 얼굴을 나는 한참이나 들여다보았다.

견딜 수 없는 고독감이 나를 사로잡았다.

정우뿐만이 아니었다. 우리 가족 모두 무국적자였다.

여기서 도망쳐야 해. 그런 생각이 들었다. 이지러진 달이라도 떴는지, 창밖의 세상은 수의(囚衣) 빛깔이었다. 나는 쫓기듯이 집을 나왔다. 어디로든 가고 싶었다. 수의 같은 흰빛 속을 걸었다. 골목은 비어 있었다. 감옥에 수감된 주리 생각이 났다. 그녀 역시 무국적자였다. 모든 결과는 그녀 자신이 부른 것이었다. 그녀에게 가고 싶지 않았고, 그녀의 작업실에도 들르고 싶지는 않았다. 화분들이 메말라 죽든 말든 알바 아니었다.

가깝고 먼 곳에서 개들이 악을 쓰고 짖었다.

무의미한 일상으로 이어진 단골 슈퍼는 문이 닫혀 있었다. 나는 슈퍼 앞에 멈춰 서서 잠깐 뒤를 돌아다보았다. 텅빈 골목 끝에 정우와 남편이 잠들어 있을 내 집의 지붕이 붕 떠 있었다. 가슴이 천 갈래 만 갈래 찢어졌다. 내 집이 이렇게 먼 것처럼 느껴진 것은 처음이었다. 그것은 마치 수만 광년 떨어져 있는 다른 별 같았다. 일어나요, 여보, 라고 나는 말해보았다. 정우야, 라고도 불렀다. 나를 붙잡아! 하고 싶은 말은 그것이었다. 그러나 차가운 바닷바람만이 전봇대 상단에서 목매달고 있었다.

나는 이내 고개를 돌려 다시 전방을 보았다.

해안까지 이어진 길 끝이 눈에 들어왔다. '동백횟집'이 있는 매립지로 이어지는 길이었다. 울컥했다. 길 끝에 그가 있었다. 조국처럼, 그가 그리웠다. 너무도 간절한 그리움이었다. 등 뒤에선 파멸에의 불안이 나를 쫓고 앞에선 그리움이 나를 강력하게 견인하고 있었다. 세계의 구조가 어떻든 무슨 상관이란 말인가, 하고 나는 생각했다. 나는 오직 그리움을 따라 경보 선수처럼 걸었다. 주리가 그렇듯이, 나 또한 돌이킬 수 없는 사랑의 함정에 빠졌다고 확연히 느낀 건 그 순간이었다. 사랑해요. 그 순간 내가 외치고 싶은 말은 그것뿐이었다. '동백횟집' 창들은 불빛 하나 없이 캄캄했다.

어둠 속에 서서 그가 잠들어 있을 2층 창을 올려다보았다.

내가 왔어요. 나를 여기 세워두고 잠들지 말아요. 일어나 문을 열어요. 가슴속에서 누가 울부짖고 있었다. 당신이, 그리워요! 온몸에서 폭죽처럼 터지는 말이었다. 그러나 문은 열리지 않았다. 그가 잠들어 있는 것이 갑자기 부당하게 느껴졌다. 당신은 혼자 잠들 권리가 없어, 라고 나는 말했다. 당신은 일어나야 해. 촛불을 켜. 천지간 갈 데 없는 나그네를 위해 문을 열어봐. 한 번쯤 그래야 당신을 사람이라고 믿을 수 있어. 바로 그때였다. 누군가 바다 쪽을 향해 세워진 승용차의 문을 갑자기 열고 나왔다. 그였다.

"이 밤에, 무슨 일이에요?"

그가 말했고, 내가 그의 가슴속으로 쓰러졌다.

외출했다가 늦게 귀가해 여름이가 잠든 걸 확인하고 나서 그 역시 잠이 오지 않아 바다를 향해 차를 세워놓은 채 혼자 소주를 마시고 있었다고 했다. 누룩 냄새가 그의 가슴팍에서 났다. 바닷바람은 얼음처럼 찼다. 해안도로는 비어 있었다. 우리는 곧 승용차의 뒷자리로 함께 들어갔다. 그에게 손이 잡혀 있었다. 그의 손은 크고 거칠었으나 따뜻했다. 눈물이 불현듯 솟구쳐 나왔다.

"무, 무서워요……."

그의 품으로 들어가며 내가 말했다.

"무서워하지 말아요. 다 괜찮을 거예요."

모든 걸 안다는 듯이 그가 내 머리를 쓰다듬었다. 바다는 보이지 않았다. 주리가요, 지금 감옥에 있어요. 우리도 곧 그렇게 되겠지요? 나는 묻고 싶었다. 그러나 하고 싶은 말들은 목젖에 걸려 넘어오지 않았다.

말 대신 내 입술이 달려가 그의 입술을 덮었다.

그가 자신을 미행해온 내 정체를 알아차리고 ㅍ시 바닷가 모텔로 유인한 날 이후에, 우리는 육체적으로 관계한 일이 없었다. 키스조차 하지 않았다. 내가 '칼라'이고 그가 '옐로'였을 때의 단 한 번을 빼면, 더 이상 칼라가 아니고 옐로가 아니었기 때문에, 칼라와 옐로였던 날의 관계는 자연스럽게 일종의 금기로 굳어졌다. 이를테면 서로에게 '비즈니스의 길'이 개입되지 않도록 하는 것이 지금으로서 우리가 지켜야 할 유일한 윤리성이라고 나는 생각했다. 그 금기를 넘어서면 예전의 '칼라'로 돌아갈까 봐 두렵기도 했다. 하지만 이제 그것보다 더 두려운 것들로 결박당했으니, 무서운 무엇이 있겠는가.

나는 머뭇거리는 그의 혀를 맹렬하게 끌고 나왔다.

알고 보면, 진실로 두려운 것은 사랑밖에 없었다. 주리에게도 진짜 함정은 사랑이었고, 내 젊은 날 역시 그러했다. 사랑만이 '비즈니스'가 아닌 유일한 것이었으므로, 언제나 위태로운 추락으로 이어질 가능성이 많았다. 등을 기댄 채 남편의 첫 키스를 받았던 아름드리 이팝나무 흰 꽃들이 무더기무더기, 천지를 흘러가는 게 보였다. 그 꽃들은 이내 그의 아내가 꿈꾸었던 이팝나무 다른 꽃들과 섞여 흐르기 시작했다. 배고픈 며느리들의 정한이 깃든 꽃이 아니던가.

망설이지 말아요. 받아주세요. 나는, 배가 고파요.

나는 울면서 속으로 말했다.

머뭇거리던 그의 혀가 마침내 내 혀를 자신의 영토로 끌고 나갔다. 뜨거웠다. 아, 하는 비명이 이 사이로 빠져나왔다. 나를…… 마음껏 소리치게 해줘요, 라고 조국의 멸망을 부르듯이, 나는 부르짖었다. 어차피 올 거라면 멸망은 가차없이 다가올수록 좋다고 나는 생각했다. 사랑으로 우리는 어떻게 멸망할 것인가. 연애 시절의 남편이 일러준 괴테의 시 중 한 구절이었다. 눈물이 계속 솟구쳤다. 눈물은, 그는, 그리고 꿈은, 멸망으로 가는 나의 '조국'이었다.

날이 갈수록 여름이가 부담이 되었다.

어떤 날은 9시밖에 안 됐는데 그 애가 내 집 대문 앞에 와 있었다. "왜 왔어? 아빠한테 무슨 일 생긴 거니?" 대답 대신 그 애는 내 손을 잡고 무조건 앞으로 끌기만 했다. "집에 가자고?" "……." "알았어. 하지만 이모는 집에서 할 일이 남았단다. 네 집에 가 있으면 곧 뒤따라갈게." 그 애는 그러나 말을 듣지 않았다. 달래도 소용없고 눈을 부라리고 손짓을 해도 소용없었다. 불만이 생기면 병증이 나왔다. 내가 나설 때까지 담벼락 한군데를 반복해 발로 차거나 손으로 쳤다. 한번은 담벼락을 너무 여러 번 두들겨 손바닥이 호빵처럼 부풀어 오르기까지 했다. 이웃에서 볼까 봐 신경이 이만저만 쓰이는 게 아니었다.

"그럼 여름아, 이모 준비할 때까지 들어와 기다려."

다급하면 집에 들일 수밖에 없었다.

어떤 날은 얼결에 나를 '엄마'라고 부른 적도 있었다. 엄마라고 부르지 않더라도 이미 그 애의 마음속에서 내가 엄마의 자리를 차지하고 있다는 것은 거의 명백했다. 아니, 그 애만 그런 것은 아니었다. 나 또한 그랬다. 한나절만 보지 않아도 그 애가 보고 싶었다. 어떤 점에선 그 애가, 그 애의 아버지인 그보다 더 깊이 들어와, 내 속에, 그 애만의 집을 지어놓았다고 느꼈다. 천사 같은 애였다. 웃을 때 그 애는 티끌 하나 없었고, 이틍을 부릴 때 그 애는 한 가지 생각만으로 집요해졌다. 그것도 귀여웠다.

한번은 대문 앞에 서 있는 그 애를 정우가 본 적도 있었다.

정우만이 아니라 남편과 조우하기도 했다. 정우가 그 애를 본 것은 일요일 아침이었고, 남편이 그 애와 조우한 것은 토요일 오후였다. 대문간에 서서 히죽거리며 안을 들여다보던 그 애와 시선이 마주친 정우가 내게 물었다.

"엄마 아는 애야, 저 병신 새끼?"

"그렇게 말하면 못써. 저 밑에 사는, 착하고 좋은 애야."

정우가 '병신 새끼'라고 말한 것 때문에 내 가슴이 불길처럼 타올랐다. 그것은 그 애의 뺨을 친 것과 다름없었다. 정우가 아니었으면 그렇게 말한 사람의 뺨이라도 내가 먼저 할퀴려 했을는지도 몰랐다.

남편은 정우와 달리 내게 대놓고 묻지 않았다.

협회 사람들과 등산 모임에 다녀오다가 대문 앞에 와 있는 여름이를 본 남편은 "당신 친구인가 봐"라고 말하며 웃었다. 미묘한 웃음이었다. 가슴이 내려앉았다. 어떻게 보면 모든 것을 알고 하는 소리 같기도 했다. "매립지에 산다는데요, 자폐증이 좀 있나 봐요." 나는 얼굴이 붉어지는 걸 감추려고 돌아서면서 짐짓 심드렁한 목소리로 대답했다. 내가 돌아설 때에도 그 애는 한사코 담벼락 위로 고개를 빼 올리고 얼굴 가득 웃음을 담고 있었다.

날이 갈수록 그 애의 얼굴엔 웃음이 늘어났다.

그것은 물론 좋은 징조였다. 나는 보람을 느꼈다. 가령 그 애는 그가 2층 바닥을 쓸려다가 미끄러져 넘어졌던 날 오전 내내 웃었고, 내가 쓴 머릿수건이 비뚤어진 걸 보았을 때에도 한 시간 넘게 허리를 부여잡고 웃었다. 그 애는 천사표 웃음을 갖고 있었다. 어느 때든 나를 보면 그냥 소리 없이, 잇몸을 다 드러내고 웃었다. 어떤 욕망도 그 애를 어긋나게 할 수 없었고, 아무런 규범도 그 애의 웃음을 억압할 수 없었다. 그 애의 웃음과 만나면 내 불안과 우울증도 신기할 만큼 단번에 가라앉았다. 그 애한테 느끼는 부담감도 단번에 사라졌다. 웃을 때 그 애의 맑은 눈엔 시나브로 양떼구름이 지나다녔다. 이 도시에서 그 애만이 유일하게 지닌 양떼구름이었다. 그래서 나는 사랑해, 라고 그 애한테 말하고 싶은 날도 많았다. 그 애의 눈빛이 나를 향해 사랑해요, 사랑해요, 라고 속삭여주듯이.

옳거니, 그 애한테는 어느덧 내가 바로 '조국'이었다.

가을은 속절없이 지나갔다.

첫눈인가. 희끗희끗 눈발이 처음으로 날리던 날 아침에 그가 말했다. "동백횟집, 3차 입찰 날짜가 잡혔어요." 동백 횟집은 주차장까지 합쳐도 2백 평이 채 되지 않았다. 처음 제시됐던 입찰 가격은 두 번의 유찰을 통해 10프로씩 계속 내려앉아서, 이번 3차 입찰은 어쨌든 더 이상 유찰되지 않을 가능성이 많았다. 대략 평당 백만 원 정도의 입찰 가격이 제시될 것이라고 했다. 최소한 2억 정도가 필요하다는 계산이 나왔다.

눈발이 검은 바다로 투신하고 있었다.

우리는 커피 잔을 든 채 나란히 2층 창가에 서서 바다를 바라보았다. 오랫동안 애쓴 보람이 있어 여름이는 아침녘 이미 학교에 가 있었다. 한 학년을 유급하는 조건이었다. 처음 며칠은 데려다주면 점심때도 되기 전에 다시 돌아오고 해서 애를 먹였으나 엊그제부터는 어쨌든 중간에 돌아오지 않아 다행이었다.

"한 번에 다 내는 돈은 아니잖아요."

"입찰 가격의 10프로는 입찰서와 함께 미리 내야 돼요. 예컨대 입찰 가격이 2억이면 2천만 원은 있어야 입찰서를 쓸 수 있는 거지요. 그다음은 약간 여유가 있어요. 낙찰받으면 낙찰의 유효를 보장하는 법원의 허가가 나오기까지 일

주일쯤 소요되고요, 그로부터 한 달 후쯤 낙찰가의 나머지
를 한 번에 내야 돼요. 2천만 원만 있으면 이번에 일단 입찰
서를 쓸 수는 있지요."

"적은 돈이 아니네요."

"맘먹으면, 그 돈이야 마련할 수 있지만……."

"그다음이 문제겠지요."

나는 나지막이 한숨을 쉬었다.

해안도로엔 쓰레기를 적재한 차들이 굉음을 내며 눈발을
뚫고 내달리고 있었다. 쓰레기차들이 내달릴 때마다 집 전
체가 사시나무처럼 떨렸다. 바다 또한 쓰레기차의 기세에
눌려 시시각각 더욱더 어둡게 침몰했다. 그의 아내가 죽기
직전 했던 말이 불현듯 생각났다. "저놈의 쓰레기차들 때
문에 바다가 내는 신음 소리가 들려"라는 말이 그녀의 마지
막 말이었다. 탁 트인 바다만 보면 가슴에 얹혔던 것들이 쑥
하고 내려간다고 말한 적도 있다고 했다. 배가 아무리 고파
도, 이팝나무로조차 환생할 수 없는 불모의 바다가 눈앞에
있었다.

"입찰자가 있으면 끝나니깐, 어차피 이판사판이에요."

"그렇게 말하지 마세요. 여름이가 있잖아요. 이판사판이
라니, 끔찍해요. 부인도 그런 말은 싫어했을 거예요."

"차라리…… 그 사람한테 가고 싶어요."

그의 말이 면도날이 되어 내 명치끝을 베고 지나갔다.

그에게 나는 누구인가. 아니, 내게 그는 누구인가. 면도날이 명치끝을 쓰윽 베고 지나가며 물었다. 그의 아내가 사랑했던 이팝나무는 바다가 보이는 그녀의 고향에 있었고, 나의 추억이 깃든 이팝나무는 욕망이 떼로 지나다니는 내 모교 뒤뜰과 고시원 사이에 있었다. 그것들이 서로 맺어져 있다고 생각한 것은 착각에 불과할지 몰랐다.

"어떻게 하려구요?"

"입찰에 필요한 돈은 구할 수 있어요. 문제는 잔금이에요. 잔금을 치르지 못하면 낙찰이 다시 원천무효 되니까요."

"그냥, 여기를…… 떠나면 그만이잖아요?"

"여기를, 떠나다니요?"

그의 목소리가 일도필살의 단검처럼 날아왔다.

"아뇨. 더는 밀려날 수 없어요. 내가 원하는 게 돈인 줄 아세요? 돈 때문에 여지껏 도적질을 했다고 생각하세요?" 나는 단검처럼 날아오는 그의 목소리에 찔릴 것 같아 나도 모르게 목을 움츠렸다. "그래요. 여기를 떠난다고 하더라도, 내 몸, 신체 건강하니, 여름이 하나 먹여 살릴 수 있겠지요." 그가 애써 숨을 골랐다.

쓰레기차가 연달아 해안도로를 지나갔다.

"더 큰 도시로 가서 정말 타잔 같은, 대도(大盜)가 될 수도 있고요. 그럼 죽어버린 저 바다는요? 아내는 쓰레기차가 지날 때마다 바다가 신음하는 소리가 들린다고 했어요. 그게 유언이었지요. 저 바다는 아내에겐 고향이고 내겐 새로 시작하는 살림터였어요. 나는 아무런 과오도 없이 부정으로 야합한 무리들에 떠밀려 경찰복을 벗었어요. 겨우 경찰직을 놓고 더러운 그자들과 진흙탕 싸움을 벌이기보다 옷을 벗는 게 오히려 치사하지 않다고, 남자답다고 생각했었지요. 불과 서른 살도 되기 전의 일이었으니까요. 그러나 그게 잘못이었어요. 문제는요, 밀려나고 또 밀려나면서, 결국은 나를 떠민 자들과 내 자신이 너무나 닮은꼴이 돼갔다는 것이었어요. 아내가 늘 지적했었는데도요. 이제 그런 나로 되돌아갈 수 없어요. 지금 내 귀에 들리는 것은, 한 가지뿐이에요. 저 바다의, 신음 소리……요. 밤마다 아내가 꿈에 나타나 말해요. 바다를 다시 살려줘요, 라구요. 동백횟집을 구해 내가 여기 머물러 살아야만 바다를 다시 구할 수 있어요. 쓰레기 소각장을 옮기고 해안도로를 부수는 그날까지, 나는 여기 있어야 해요."

끊어진 다리 같은 침묵이 찾아왔다.

나란히 서 있었지만 함께 있다는 느낌은 들지 않았다.

그가 세계로부터 유리되어 홀로 고독한 것처럼, 그 순간 나도 그로부터 유리되어 홀로 고독했다. 내가 맞닥뜨린 오류는, 그가 세계의 과오를 되돌리려는 야망 때문에 고독할 때, 나의 고독은 겨우 사랑의 갈망을 쫓아온 숲에서 미아처럼 길을 잃고 말았다는 데 있었다. 슬픈 아이러니였다. 믿어야 할 나의 '조국'은 여전히 그 어디에도 없었다.

눈발이 거세지고 있었다.

주리가 풀려난 것은 그로부터 일주일쯤 후였다.

이미 12월이었고, 연일 강추위가 계속되고 있었다. 그사이 그녀는 10년쯤 더 늙은 것 같았다. 전에 없던 주근깨도 생겨났으며 눈은 10리쯤 들어가 오래된 우물같이 깊어졌다. 턱없이 늘어난 눈가의 잔주름이 야수적인 생명력으로 무장한 넝쿨식물들처럼 그녀의 우물을 포위하고 있었다.

"무서워……."

경찰서 정문을 나온 그녀가 내뱉은 첫마디였다.

그녀의 남편이 고소를 취하한 것은 이혼에 따른 위자료 문제를 합의해주었기 때문이었다. 그녀는 자기 앞으로 등기된 송파동의 마흔여덟 평 아파트와 이곳 ㅁ시의 서른 평짜리 오피스텔, 그리고 그녀가 가진 패물들과 5억을 현금으로 받고 이혼하는 것에 결국 동의했다. 그녀와 남편의 '비즈니스'는 그렇게 끝났다. 나 같은 사람에겐 그것도 적지 않은 재산이었지만, 애당초 그녀가 요구하려 했던 것의 삼분지 일도 되지 않는 위자료였다.

"진짜 더럽고 끔찍해."

"너도 이혼하려 했으니 결과는 달성했는걸 뭐. 다 잊어."

"못 잊어, 나. 두고두고 갚아줄 거야. 시어머니가 와서 나보고 추잡스런 종자래. 창녀래. 날 욕하는 건 참을 수 있어. 견디기 어려운 건 우리 엄마까지 싸잡아 매도하는 거야. 나는, 그들이 변호사까지 동원해 일일이 상의해 계획적으로 매설해놓은 덫을 밟은 거었어. 돈이라면 무슨 더러운 짓도 할 사람들이야. 나도 합의서 안 찍고, 그냥 감옥살이하겠다고 악을 악을 썼지. 안 그랬으면 그것도 안 줄 인간들이야. 내가 그동안 부동산 투자해 재산을 늘려준 것만 해도 얼마인데."

"앞으로 어떻게 하려고?"

"일단 미스터 정과 상의해봐야지. 그자 몰래 모아놓은 것도 좀 있으니까, 화랑은 어쨌든 오픈하려고 그래. 서울에 작업실도 내고."

"화랑을 해도 네 이름으로 하는 게 좋아."

"너까지, 그런 말을 하니. 왜들 다 우리 미스터 정을 못 믿어 하는지 모르겠어. 얼마나 착하다고. 사랑하는데 나이, 그거 무슨 상관이야? 미스터 정은 나이 어린 애들 원래 싫었대. 철없고 샷되다고."

"어린애들, 싫어한 건 너였는데……."

나는 말끝을 흐리고 말았다.

그녀가 젊었을 때, 나이 어린 남자들을 싫어한 것은 그들이 성욕만 강하고 돈은 없기 때문이었다. 그들을 상대한다는 건 전망 없는 '비즈니스'에 몸을 내맡기는 거나 다름없었다. 젊은 남자들은 성욕조차 '무대뽀'로 발산하려고 해서 미학이 없다고 그녀는 말했다. 대학 시절 그녀가 상대했던 '스폰서'들은 성공한 중년의 유부남들이 많았다. 청춘의 푸른 그늘에 대한 향수가 가득한 그들은 그녀가 대학생이라는 걸 확인하는 순간부터 그녀를 더욱 소중한 척 다뤘다. 이미 젊은 날로 다시 돌아갈 수 없게 된 그들에게 '여대생'이라는 이름은 청춘의 아이콘이자 욕망의 발화점이었다. 그녀는 젊은 20대에 '사진과 여대생'이라는 이름으로 자극받는 성공한 스폰서들의 후광에 의지해 살았고, 30대엔 스스로 '스폰서'를 자임했다. 그리고 지금, 자신이 '스폰서'였던 청년에게 사로잡혀, 스폰서로 엮어온 자신의 지난 모든 날을 전면적으로 부정하고, 남들은 겨우 10대에나 꿈꾸었음직한 맹목적 사랑의 완성을 마침내 꿈꾸기 시작한 것이었다.

그녀가 ㅁ시를 떠나기로 결정한 날 밤엔 겨울비가 내렸다.

정우를 학원에 데려다주고 오피스텔에 들렀을 때 그녀는 짐을 정리하다 말고 바다를 내다보며 혼자 포도주를 마시고 있었다. "얘가, 무슨 술?" 내가 물었고 그녀가 한숨을 쉬었다. "막상 며칠 안에 여길 떠난다고 생각하니깐 감회가 없지 않아. 이 오피스텔은 당분간 세를 들이기로 했어. 그새 추억도 쌓였는데. 서울보다 여기가 만만해서 참 좋았었거든." "만만해?" "응. 여긴, 이를테면, 내가 BMW만 몰고 나가도 사람들이 쫙 길을 비켜주는 것 같은, 그런 분위기, 있거든."

그녀의 대학 생활을 아는 건 나뿐이었다.

그녀가 동기생들과 어울려 다닌 것은 1학년 한 학기 정도였다. 2학년 때부터 그녀는 아예 동아리 활동도 하지 않았고 과 엠티 같은 것도 가지 않았으며 흔한 종강 파티에 얼굴조차 내민 적도 없었다. 아이들이 배낭을 메고 올 때 그녀는 프라다를 들고 왔고, 아이들이 청바지에 싸구려 티셔츠를 입을 때 그녀는 샤넬이나 알마니로 휘감았고, 아이들이 낡은 구식 카메라를 들고 올 때 그녀는 클래식한 니콘을 들고 다녔다. 가끔 비싼 외제차가 그녀를 교문 앞에서 실어갈 때도 있었다. 재벌집 딸이라는 둥, 강남의 최고급 살롱에 나간다는 둥, 뒷소문도 무성했다. 그녀의 홀어머니가 장충동 족발집에서 주방 일을 맡아 밤낮없이 돼지족발을 삶고 썰고 기름칠하고 있다는 사실을 아는 건 나 혼자였다.

"내가 왜 집에 가기 싫어하는 줄 알아?"

한번은 그녀가 술에 취해 고백해온 적이 있었다.

방이 좁아서가 아니라고 했다. 번듯한 침대가 없고 암실로 쓸 만한 어엿한 자기 방이 없어서도 아니었다. 냄새 때문이었다. 그녀의 홀어머니는 그녀가 대학에 들어왔을 때 이미 7년째 족발집에 근무하고 있었다. 돼지기름과 족발 냄새가 끈끈이주걱처럼 집 안 모든 곳에 흡착해 있었다. 아무리 청소를 해도 없어지지 않는 냄새였다. 남자하고 잘 때도 혹시 자신에게서 '돼지기름 냄새가 날까 봐 두려웠다'고 그녀는 말했다. 그녀가 한사코 최고급 패션으로 치장하고 다니는 것도, 단지 더 예뻐 보이려고 그러는 게 아니라, 어쩌면 자신에게 묻어 있을지 모르는 돼지기름 냄새를 커버하기 위해 그러는지도 몰랐다. 아이들은 그런 그녀를 두고 온갖 비난의 '뒷담화'를 날렸다. 그러나 뒷담화일 뿐이었다. 그녀가 등장하면 언제 뒷담화를 했냐는 듯이 아이들은 '쫙' 하고 그녀에게 '길'을 비켜주었다.

"아이들, 신경 안 써. 내가 부러워서 날 씹는 거니까."

그녀가 말한 일이 있었다.

나는 그녀가 건네는 포도주 잔을 받아들었다.

누가 BMW를 몰고 나오면 '쫙' 길을 비켜주는 ㅁ시의 사람들은 주로 구시가지에 살았나. 구시가지 사람들은 모든 'BMW'에게 '쫙' 하고 길을 비켜주기 위하여 오늘도 그들의 삶을 망친 해안도로를 타고 새벽같이 신시가지로 출근하고 있었다. 그들은 신시가지로 나가 신시가지 사람들의 집을 청소하고 쓰레기를 치우고 차를 닦고 잡다한 시중을 들었다. 나도 그중의 하나였다. 남편도, 그 사람도 거기 포함됐다. ㅁ시 시민은, 간단히 말해 'BMW'를 타는 사람과 '쫙' 길을 비켜주는 두 부류로 나눌 수 있었다.

위로를 해주려고 온 것이 후회가 되었다.

겉으로는, 10대에 이미 헌 신발처럼 팽개쳐버렸던 사랑의 로망을 뒤늦게 찾아 지닌 듯했으나 그녀는 기실 아무것도 달라진 게 없었다. 그녀가 청년을 사랑한다고 말한 것은 사랑이라기보다 돈을 앞세워 새로운 명품을 사려고 하는 것에 불과했다. 자동차와 옷과 장신구가 지루하니까 '청년'을 돈으로 사서 명품의 서랍장에 담으려고 하고 있었다. 또 다른 형태의 '비즈니스'에 나름대로의 낭만성을 보탠 것뿐이었다. 그래서 그녀에 대한 잠시 동안의 동정심은 온데간데 없어졌다. 동정심은커녕 할 수만 있다면 그녀가 믿는 새로운 '명품'으로부터 어서 빨리 버림받기를 차라리 나는 바랐다.

"너는 애, 돈복이 많잖니."

미리 계획하지 않았는데 내 말이 그 대목에서 그쯤 나왔다.

"위자료에서 손해는 좀 봤겠지만 금방 만회할 거야. 네가 전에 그랬잖아. 부동산 같은 것도 네 손을 타면 금방 오르더라고. 네 손바닥, 돈 붙는 손바닥이라고."

"그건 사실이야!"

그녀가 표정을 환히 밝히며 동의했다.

나는 짐짓 그녀가 따라준 포도주를 단숨에 마시고 그녀의 표정이 가리키는 희망을 바라보았다. 에메랄드 목걸이 세트는 시가로 대강 1억이 넘는다고 했다. 만약 5천만 원으로 그 것을 사라고 한다면 그녀는 어떻게 나올까. 어차피 에메랄드 목걸이 세트를 되찾을 희망이 전혀 없다고 느낀다면, 그녀 입장에서 볼 때 그것은 5천만 원이 오히려 남는 거래임이 분명했다. 그녀로서는 위자료에서 손해를 봤다는 심리적인 스트레스 때문에 돈이 불어나는 일이라면 무슨 거래든 지금 마다하지 않을 가능성이 많았다. 더구나 남편으로부터 받기로 한 위자료 중 현금이 곧 그녀 수중에 들어오도록 예정되어 있었다. '비즈니스' 감각이 탁월한 그녀를 상대로 할 때, 성공할 가능성이 많은 거래라고 나는 느꼈다. 탁월한 그녀의 비즈니스 감각을 기꾸로 이용하면 되는 일이었다.

"너 없을 때, 사실은 이상한 전화를 받았었어."

마침내 내가 운을 뗐고, 그녀가 나를 돌아다보았다.

"그러니까…… 전화를 받은 지는 며칠 됐는데, 워낙 말도 되지 않는 소리고, 너도 사정이 그렇고 해서 말할까 말까 망설이고 있던 일이야. 네가 유치장에 갇히고 이틀 후던가 그래. 화분에 물도 주고 청소도 할 겸 네 작업실에 들렀는데 그 전화가 걸려왔어."

"뭔데 그렇게 서론이 길어?"

"전화해온 사람…… 놀라지 마. 말하자면, 자신이 도적이라 했어. 네 집에 들어왔던. 네가 남편한테 선물 받은 에메랄드 목걸이 세트 훔쳐간."

"뭐?"

그녀의 목소리가 고조됐다.

"요지는, 그 목걸이 세트, 반값에 자신한테 다시 사가래. 담대한 건지 좀 모자란 건지 모르겠더라구. 훔친 걸 주인한테 다시 사라니. 그치 말로는 그래. 원래의 내 것을 딴 돈 내고 사간다 생각 말고, 잃은 것 중 반절은 고맙게도 돌려받는다, 그렇게 생각하라는 거야. 자기가 착해서 그런대. 말이 되는 소리니, 이게?"

"그래서 어떻게 대답했어?"

"네가 언제 나올지도 모르고 해서, 친구라며 내 핸드폰 번호를 주었지. 이 오피스텔도 전부터 관찰해두었었나 봐. 니 남편이랑 우리 관계, 그러니까 나까지, 다 알고 있더라고."

"그 뒤로는 연락 없었고?"

"아직은. 그쪽 전화는 알아보니 공중전화였어. 혹시라도 다시 연락 오면 어쩌지?"

"그런 놈들이 있긴 있다더니, 훗, 재미있는 제안이네."

과연, 그녀는 키드득 하고 웃었다.

매우 흥미진진하게 생각하는 눈치였다. 경찰에 이런 사실을 신고해두는 게 좋지 않겠는가 하고 내가 말하자 비로소 그녀가 웃음을 거둬들였다. 그녀는 냉큼 고개를 저었다. "그

건 나쁜 방법이야." 그녀는 단호하게 말했다. "제일 좋은 길은 싼값으로 일단 물건을 돌려받은 뒤 덜미를 잡는 거겠지만, 그런 전화까지 해오는 놈이 이런저런 대비를 안 했을 리없어. 네가 상대하긴 좀 버겁겠지. 전화 다시 오면 내게 넘겨줘." 그녀는 이내 생각에 잠긴 표정을 했다. 긴장했던 마음이 조금 풀어졌다. "범인을 잡는 거보다 중요한 건 돈이야. 말인즉, 맞네. 잃은 걸 반절 돌려받는다는." 비즈니스 감각이 탁월한 그녀가 혼잣말하듯이 덧붙이고 있었다. 여전히 사랑은, 그녀에게 '조국'이 아니었다.

그녀의 '조국'은 요컨대 아직도 돈이었다.

대파와 쪽파

그의 아내에겐 고향을 지키고 사는 남동생이 하나 있었다.

그는 남동생 이름으로 입찰하여 다행히 '동백횟집'을 낙찰받았다. 12월 중순의 일이었다. 1억 9천만 원이 낙찰가였다. 이미 죽어버린 땅이라고 여겨 아무도 입찰해오지 않는 바람에 입찰 과정은 일사천리 진행됐다. 법원이 입찰의 유효 여부를 판단하는 데 일주일쯤 소요된다 했다. 이의를 신청할 사람이 없으니 돈만 준비된다면 아무 문제도 없을 터였다. 입찰 가격의 10프로인 1천9백만 원은 입찰서와 함께 이미 냈으니까 한 달여 후 치러야 할 잔금은 1억 7천여만 원이었다.

"이제 어떻게 하실 거예요?"

내가 단도직입적으로 들이대 물었다.

그는 침묵했다. 우리는 바다가 내려다보이는 곳에 차를 세우고 그냥 나란히 앉아 있었다. 신시가지 남쪽 끝에 최근 조성한 전망대 주차장 한 모서리였다. 최근에 연 전망대라 그런지 드넓은 주차장은 거의 비어 있었다. 입찰 과정을 끝내고 나서, 서류상 입찰 당사자인 아내의 남동생을 떠나보낸 후, 자연스럽게 나를 먼저 만나야 한다는 생각이 들었다고 했다. 정해진 시간에 징우를 데리고 학원에 가곤 하는 나의 동선을 이미 그도 알고 있었다. 여느 때와 다름없이 가기 싫어하는 징우를 달래 학원으로 올려 보내고 났을 때 그가 내 차창을 두들겼다. 그곳에서 미리 기다리고 있었던 것 같았다. "입찰은 성공했어요." 그가 말했고, 잠시 사이를 두었다가 "덕분에요." 꼬리표를 달았다. 그로서는 덕분이라는 말에 방점을 찍고 싶었을 터였다. 그리고 곧 함께 차를 타고서 공업지대를 관통, 예정에 없이 여기까지 온 참이었다.

"잔금, 한 달 후라고 하셨잖아요?"

침묵이 불편해 내가 채근했고, 그가 우울한 어조로 대답했다.

"법원의 유효 판정이 나오고 한 달 후요."

"어떻게…… 잔금을 마련하실 건데요?"

"그보다, 내가 사, 사례를…… 좀 해야 되지 않나……."

"사아례? 내게요?"

내 목소리가 한 뼘이나 되게 솟았다.

그가 움찔하는 것 같았다. "그게, 그러니까, 말하자면 반으로 나누어도 될 만한……"이라고, 그가 잠시 후 더듬거리며 꼬리를 달았고, "공, 공범자의 윤리를 말하는 건가요?"라고, 내가 물어뜯듯이 받아쳤다. 말이 툭 끊어졌다. 내가 뱉어놓은 '공범'이라는 말이 내 안에서 빙 하고 공명하는 중이었다. 공범, 이라고 뚜렷이 인식한 것은 처음이었다. 수입의 '반'을 나누어 가져도 될 공범이라면 대등한 공범이 아닌가. 갑자기 벼랑 끝으로 추락하는 공포감이 나를 엄습했다. 머리끝이 쭈뼛 곤두서는 기분이었다. 나는 나도 모르게 차 문을 왈칵 열고 밖으로 나왔다. 그의 입에서 '사례'라는 말을 들었을 때, 나는 솔직히 말해, 공포감보다 모멸감을 먼저 느꼈다. 사례라니……. 마치 몸을 파는 창부, 라고 그가 비난해온 것 같은 느낌이었다. 차가운 바닷바람이 뺨을 호되게 후려쳤다.

"오해는 말아요."

그가 곁에 와 서며 말했다.

"공범으로, 그쪽을 끌고 들어가는 일은 결코 없을 거예요!"

내게는 아무런 위로도 되지 않는 말이었다.

주리에게 에메랄드 목걸이 세트와 기타 패물을 돌려주고 현금을 받아내기까지, 내가 감당했던 역할은 철저히 '공범자'의 역할이었다. 물론 그가 혼자 했더라도 성공할 가능성은 많았지만 이만큼 군더더기 없이 깔끔하게 마무리되진 못했을 터였다. 나는 그녀의 일거수일투족을 보는 위치에 있었고, 그 정보들은 결정적으로 유리하게 작용했다. 그녀가 도난당한 것은 에메랄드 세트만이 아니라 진주 목걸이와 사파이어도 있었다. 에메랄드 목걸이 세트만 1억 이상 호가한다고 했고, 진주와 사파이어는 천만 원 안쪽이었다. 도난당한 모든 것을 돌려주는 대가로 제시된 가격은 시가의 반이었고, 최종적으로 합의한 가격은 4천만 원이었다.

"병신. 다 합해서 5천, 6천을 내라 해도 낼 텐데."

그와의 전화를 끊고 나서 주리는 이 정도로 만족감을 표시했다.

경찰에 알릴 생각 같은 건 애당초 하지 않았다. 그가 강조해 다짐하기를, 자신이 붙잡혀도 결단코 도난품을 되찾지는 못할 것이라고 말한 것은, 오로지 교환가치만을 신봉하는 그녀를 강력하게 제압했다. "맞는 말이지. 경찰에 알리면, 만에 하나, 이놈 잡더라도 물건은 못 찾아. 이 도둑놈들, 날고 기는 머리야. 삼분지 일 가격이니, 소문 없이 거래하는 게 나로선 남는 장사라구. 금방 들고 나가도 7,8천은 앉은 자리에서 받을 물건이거든. 내 말, 틀리니?"

나는 물론 그녀의 말에 마지못한 듯, 동의했다.

그녀는 4천만 원으로 후려쳐서 합의본 사실을 만천하에 자랑이라도 하고 싶은 눈치였다. 4천만 원은 그의 지시대로 일련번호가 다른 헌 지폐 5만 원 권으로 준비됐다. ㅁ역에서 떠난 하행 열차는 시가지를 벗어난 뒤 곧 길지 않은 철교를 넘어가도록 되어 있었다. 넓지 않은 황강 지류는 이미 얼어붙어 있었고, 양안(兩岸)엔 갈대가 무성했다. 어느 영화에서 보았던 기억을 더듬어 내가 낸 아이디어였다.

저물녘이었다.

"사모님께선 도착하는 하행 열차에 타시고, 친구분은 역을 넘어서 산 쪽으로 곧장 들어오세요."

플랫폼에 나가 있을 때 그가 휴대폰으로 지시했다.

그 역시 나와 함께 짜 맞춘 계획대로였다.

물건을 받지 않고 돈만 먼저 건넬 수 없다고 그녀가 완강하게 저항했기 때문에 그녀를 안심시키기 위해 섬세한 시나리오가 필요했다. 내 역할은 에메랄드 세트를 비롯한 도난품을 다시 받아오는 일이었다. "다시 말하지만 나 혼자가 아니오. 우리는 조무래기가 아닌, 프로라는 걸 명심하슈. 그쪽에서 말만 잘 듣는다면 약속은 틀림없이 지켜질 거요." 5만 원 권 8백 장은 부피가 얼마 되지 않았다. 그녀는 꾸러미를 들고 그의 지시에 따라 기차를 탔다. 다시 휴대폰으로 전해져올 그의 지시에 따라 기차가 철교에 진입하자마자 아래로 그것을 던질 일이 그녀의 다음 할 일이었다. 나는 그때 ㅁ역 뒤쪽 운류산 숲에 들어가 있었다. 돈 꾸러미를 던지기 직전에, 그녀를 안심시키기 위해, 내가 저들로부터 약속한 물건을 되돌려 받았다고 그녀에게 전화하는 일이 나의 역할이었다. 협상 과정에서 돈을 준비하기까지 내가 줄곧 그녀와 함께하고 있었으므로, 그가 불안하게 작업해야 할 이유는 전혀 없었다. 그가 그 과정에서 사용한 휴대폰도 작업을 위해 훔친 것이었다.

"물건 받았어!"

휴대전화를 통해 나는 그녀에게 짧게 보고했다.

그녀는 위험한 짓은 하지 않았다. 돈 꾸러미는 내 확인과 거의 동시에 강 안 갈대밭으로 던져졌고, 그는 아무에게도 방해받지 않은 채 그것을 회수했으며, 그녀와 나는 밤 깊어서 다시 만났다. "숲에 두 남자가 기다리고 있었지. 얼굴은 못 봤어. 돌아서 있으라는데 어떻게 얼굴을 보겠니. 내게 물건을 뺴주고, 그리고 좀 있다가 전화를 받더니 잽싸게 사라지더라. 무서워 죽는 줄 알았어." 나는 천연스럽게 말해주었다. 돌아온 물건을 확인하고 난 그녀는 "병신들!" 하면서 득의만면, 행복한 표정을 지었다.

일주일 전에 있었던 일이었다.

전망대에 부는 밤바람은 칼날처럼 차디찼다.

나는 만을 사이에 두고 손에 잡힐 듯이 바라보이는 신시가지의 휘황한 불빛들을 망연히 바라보았다. 그가 내 옆에 나란히 서 있었다. 그의 말대로, 그가 검거된다고 해도 나를 공범으로 끌고 들어가는 일은 결코 없을 것이었다. 인간으로서 나는 그에 대해 깊이 신뢰할 수 있었다. 그러나 '사례'라는 말이 준 모멸감보다 차라리 공범이 되어 처벌을 받는 것이 내게는 더 감당하기 쉬운 일이었다. 나는 그에 대해 섭섭한 것을 넘어 적개심까지 느꼈다. 그의 머릿속에서 나는 그저 '사례'라는 이름으로 지분을 나누어주어야 할 단순한 '공범자'에 불과한 것이 아닌가.

"내가 큰 착각을 했었네요."

울지 않으려고 애쓰며 나는 말했다.

"공범인 건 사실이지요. 설마 동지라고 불러주길 바라겠어요? 하지만 사례라는 말을 사용할지는 몰랐어요. 아내였다면 그렇게 말하진 않을 거라고 봐요. 당신에게…… 나는 누구인지……."

울음이 나오려고 해서 말끝을 밀어낼 수가 없었다.

"미안해요……."

그가 내 어깨에 팔을 둘러왔고, 나는 뿌리쳤다.

그와 함께 그 작업을 해오면서 나는 왜 '공범'이라는 낱말을 한 번도 떠올리지 않았을까. 단순히 말하자면 공동의 '비즈니스'로 얻는 수입에 대한 나의 지분을 생각한 적이 없기 때문일 터였다. 그것은 명백한 '비즈니스'를 비즈니스가 아니라고 착각한 것과 같았다. 내게 그 작업은 '비즈니스'가 아니라 '정서적 반응'의 결과였다. 정서적 반응이라고 생각하자 모든 게 명명백백해졌다. 그가 나를 '공범' 또는 '비즈니스'의 파트너라고 인식하고 있을 때, 나는 그 일이 감히 사랑의 행위인 줄로 착각하고 있었다. 얼마나 바보 같은 짓인가. 도대체 언제 어디로부터 내가 터무니없는 이 미로로 들어섰는지 모를 일이었다. 가기 싫은 자본주의적 전사의 길로 가기 위해 까무룩해지는 눈을 부비며 형광등 불 밑에 앉아 있을 정우가 눈앞을 스쳐 지나갔다. 저녁을 찾아 먹는 둥 마는 둥, 강제로 거세당한 남자처럼 지금쯤 텔레비전 앞에 앉았을 남편의 얼굴도 떠올랐다. 전망대가 아니라, 내가 서 있는 곳은 일종의 허당이었다.

나는 원래 돌다리도 두들겨보고 걷는 타입이었다.

"너는 너무 꽁해. 융통성 없고, 빈틈도 없어"라고, 주리도 말한 일이 있었다. 가난하고 외로웠지만, 적어도 세계 보편의 가치와 문화를 믿고 의지하여 사는 게 옳다고 늘 생각하며 살았다. 올바르게 열심히 살면 좋은 날이 올 거라고 믿었다. ㅁ시로 내려와 신시가지에 터 잡은 주리를 다시 만나기 전까지만 해도 그랬다. 남편이 거세당한 것처럼 주저앉기 전까지, 아니 아이에게 과외라도 시켜서 더 나은 대학에 보내어 남편을 대신할 전사로 키우라는 것을, 갑자기 새로 생긴 '꿈의 도시' 신시가지가 가르쳐주기 전까지, 나는 안락한 계몽성에 내 영혼을 맡겨놓고 있었다. 돌이켜보면 가난했을 뿐, 이곳으로 솔가해올 때만 해도 참 좋은 시절이었다.

"이렇게 해요."

나는 고개를 돌려 이윽고 그를 똑바로 보았다.

"이제…… 우리 만난 거, 꿈으로 쳐요. 각자의 길로 가는 거지요. 나는 몸 파는 여자로 당신, 만났어요. 마음에 남기지 말아요. 부탁은, 한 가지뿐이에요. 여름이가 우리 집에 절대 못 오게 붙잡아주세요. 내게 주고 싶다는 사례금으로, 사글세라도 얻어서 구시가지 떠나면 더 좋구요. 동백횟집을 되찾더라도, 전기도 끊어져 있고 하니, 당분간 그 집에서 나가 있는 게 낫지 않을까요? 나를 공범으로 끌고 들어가지 않겠다고 했으니까, 내 말에 기꺼이 동의해주리라 생각해요."

그가 뭐라고 말하려는 듯했다.

"아무것도, 말하지 말아요!"

나는 단호하게 오금을 박고 차로 돌아왔다.

그의 차가 세워진 신시가지까진 금방이었다. 내 서슬 때문인지 그는 끝내 입을 열지 못했다. 그로서도 더 이상 나를 자신의 삶에 계속 끌어들이자고 획책할 수는 없을 것이었다. 신시가지의 도심은 분단장을 끝낸 작부들이 떼 지어 나와 앉은 것처럼 화사했다. 그가 차에서 내리면서 뭐라고 우물우물했다. 고맙다고 한 것도 같았고 미안하다고 한 것도 같았다. 나는 그를 가로에 내려놓은 뒤 곧장 그곳을 떠났다. 백미러에 그의 실루엣이 잠깐 떠올랐다가 이내 꺼졌다. 화사한 신시가지 한복판인데도 불구하고, 멀어지는 그의 모습은 불모의 섬처럼 어두웠다.

다음 날 나는 '동백횟집'에 가지 않았다.

다음 날도, 또 다음 날도 그랬다. 끝났다, 라고 나는 생각
했다. 그와 함께했던 지난 일이 다 전생에서 겪은 일인 것
같기도 했다. 그에게 가지 않는 대신, 김장김치를 담그고 대
청소를 하고 옷가지와 이불 호청 등을 빨았다. 세탁기에 넣
고 돌려야 할 것들도 짐짓 손빨래를 했다. 행여 여름이가 찾
아올까 봐 울 밖을 자주 살펴보았으나 어떻게 단속했는지
여름이는 오지 않았다. 다행이라고 생각했다. 그런데 이상
하지, 여러 번 울 밖을 살피던 어떤 순간, 마치 내가 여름이
를 아주 절실하게 기다리고 있다는 느낌이 들었다. 나는 세
차게 고개를 저었다. 빨랫감이 많아서 좋았다. 나는 맨손으
로 썩썩 문지르고 오랜만에 빨랫방망이도 힘 있게 두들겼
다.

저녁 무렵 주리한테 전화가 걸려왔다.

"이혼 수속을 끝냈어." 그녀는 밝은 어조로 말했다. 새로
다가올 신혼의 단꿈에 젖은 목소리였다. 이달 말쯤엔 송파
동 아파트가 비게 된다는 말도 덧붙였다. "우리 미스터 정
이 아파트 인테리어를 자기가 직접 하겠대. 손재주가 장난

아니거든." "좋겠다." 나는 마지못해 대꾸했다. "글쎄, 사는 게 이런 건 줄 몰랐다. 결혼식도 하고 싶어. 뭐랄까, 매일매일 새 종이에 새로 판 도장 찍는 느낌인 거 있지. 우리 신혼집도 구경할 겸 언제 서울 한번 놀러 와."

그녀의 수다를 듣는데 날이 저물기 시작했다.

정우를 픽업하기 위해 차를 몰고 신시가지로 나올 때에도 자꾸 '새 종이'와 '새로 판 도장'이란 말이 중얼거려졌다. '새 종이에 새로 판 도장을 꾹 눌러 찍는 것 같은 매일매일'이 내게는 평생 거의 없었다. '새로 판 도장을 찍는 매일매일'이란 이를테면, 시간이 지나고 나면 전설이 되고 마는 '매일매일'이었다. '전설의 시대'를 지니지 못한 인생이란 얼마나 황막한 인생인가.

교문을 나올 시간이 다 됐으나 정우는 학교에서 나오질 않았다.

차 안에서 기다리다 못해 밖으로 나와 교문 안을 기웃거렸다. 아이들이 거의 돌아간 운동장은 휑뎅그렁했다. 해가 짧은 계절이라 어두워진 지도 한참이나 지나 있었다. 혹시나 하고 학원에 전화를 걸었다. 정우는 학원에 없었다. 불안해지기 시작했다. 남편을 찾았다. "애가 없어서요." 다급한 내 어조와 달리 남편은 김이 다 빠진 심드렁한 목소리로 반문했다. "애가 왜 없어? 학교 없으면 당신 좋아하는 학원 가 있겠지. 나 바쁘니깐 전화 끊어." 바람 끝은 시간이 지날수록 더 매웠다. 학원 수업이 시작될 시각도 이미 지나가고 있었다. 학원에선 여전히 오지 않았다는 말뿐이었다. 불안하고 초조해 빈 교실일망정 가서 찾아보자고 텅 빈 교정 안으로 들어섰다. 교사 현관까지는 삼나무가 좌우로 도열해 있었다. 교문 가까운 삼나무 그늘에 누가 서 있었다. 정우였다.

"너, 여기 있었어?"

"내가 안 나오면 가야지, 언제까지 교문 앞에 있을 거야!"

정우가 빽 하고 소리를 질렀다. 이퉁을 부릴 셈으로 일부러 삼나무 그늘에 숨어 서서 교문 밖의 나를 보고 있었던가 보았다. 이 추운 날씨에 한 시간 가깝게 교문을 사이에 두고 모자가 마음 태우며 서 있었던 셈이었다.

"정우야……."

"내가 엄마 땜에 미쳐!"

말끝에 울음이 묻어나왔다. 나는 정우를 안았다. 온몸이 얼음처럼 찼다. 눈물이 나기는 나도 마찬가지였다. 학원으로 데리고 갈 수는 없었다. 시내로 데리고 나와 함께 저녁을 먹었다. "10시 반에 하는 국어 과외는 갈게, 엄마." 정우가 말했다. 다시 콧날이 시큰해졌다. 이렇게 싫어하는데 계속해 아이를 몰고 가야 할까, 하는 생각이 처음으로 들었다. "됐다. 오늘은 엄마랑 집에 함께 가 쉬자." 짐짓 활달한 척 내가 말했고, 정우가 미간을 모았다. "제발 엄마, 그러지 좀 마. 차라리 소리를 질러. 내가 얼마나 힘들게 네 과외비를 대는지 아느냐고, 그렇게 하기 싫으면 차라리 나가 죽으라 고 소리치란 말야. 엄마 땜에 내가 정말, 돌겠어!"

정우는 끝내 국어 과외 받는 곳으로 들어갔다.

제2외국어와 국어를 격일제로 보충받는 과외였다. 12시 반이나 돼야 끝날 터였다. 남편에게 전화를 걸었더니 벌써 졸음이 가득한 목소리였다. "자려는데 왜 전화질이야? 먼저 잘 테니, 볼일 보시고, 알아서 들어와." 초저녁에 정우가 없 어졌다는 전화를 받아놓고도 정우를 찾았느냐, 묻지도 않았 다. 나는 전화를 끊고 그냥 한동안 차 속에 앉아 있었다. '얼 마나 힘들게 과외비를 대는지 아느냐고'라는 정우의 말과, '볼일 보시고'라는 남편의 말이 한 덩어리가 되어 나를 찍어 눌렀다. 어떻게 내가 정우의 과외비를 대고 있는지 다 알고 있다는 듯한, 암시적인 말로 들렸다. 아니야. 저들이 알 리가 없어. 나는 고개를 저으면서 짐짓 소리 내어 중얼거렸다.

여름이를 본 것은 다음 날이었다.

옥상에 올라가 담배 한 개비를 물고 앉았는데, 대문 밖의 골목 어귀에서 여름이가 보였다. 약간 비탈진 골목이었다. 처음엔 허리까지만 보였으나 금방 전신이 드러났다. 여름이는 씨근벌떡, 용을 쓰듯이 내 집을 향해 달려오고 있었다. 가슴이 철렁하면서도 반가웠다. 동백횟집에 발을 끊은 며칠 동안 그보다 오히려 여름이가 더 그리웠다. 내 속으로 낳고 기른 아이를 위험한 먼 곳에 두고 온 어미의 심정이었다. 그 애는 나를 기다리느라 밥도 먹지 않고, 잠도 자지 않고, 학교조차 가지 않았을 것 같았다. 어쩌면 내 집에 오는 걸 막으려고 그가 다시 예전처럼 자물쇠를 채워 그 애를 가두었을지도 몰랐다.

나는 궁둥이를 들고 슬며시 일어났다.

그의 자동차가 그때 골목 어귀에 나타났다. 여름이가 사라진 것을 확인하고 혹시 내 집에 오나 해서 서둘러 쫓아온 눈치였다. 나는 다시 주저앉아 그의 눈에 띄지 않게 허리를 숙였다. 대문 앞에서 여름이가 그의 손에 잡혔다. 실랑이가 벌어졌다. 여름이는 말을 듣지 않았다. "이놈의 새끼!" 그렇게 소리쳤다고 느낀 순간 그의 손이 날아가 여름이의 뺨을 사정없이 후려쳤다. 내 뺨을 맞는 것 같았다. 그러나 내가 옥상에서 달려 내려왔을 때 여름이를 강제로 태운 그의 차는 이미 골목을 빠져나가는 중이었다.

엊그제 빤 이불 호청들이 끄들끄들 말라가고 있었다.

나는 그것들을 사정없이 물통에 다시 집어넣었다. 횟대에
걸린 것들도 잡아당겼다. 빨랫감이 있다는 것에 나는 감사
했다. 수돗물은 섬뜩할 만큼 차가웠다. 나는 맨손으로 그것
들을 빨기 시작했다. 빨아야 할 것들은 그러나 그것들이 아
니었다. 내 몸과 마음부터 독한 세제를 풀어 썩썩 비벼 빨고
싶었다. 어느 집에서 크게 라디오를 켜놨는지 크리스마스캐
럴이 아스라이 들렸다.

구름이 잔뜩 낀 날의 하오였다.

12월이 깊어가고 있었다.

정우를 픽업해 학원에 데려다주고 난 시각은 7시쯤이었
다. 신시가지의 도심은 '꿈의 도시'답게 크리스마스 분위기
가 한껏 고조되어 있었다. 여기저기에서 캐럴송이 들려왔고
네온 빛이 휘황했다. 전국에서 가장 호화로운 청사라고 회
자되던 시청사는 호숫가 정면의 높은 곳에 위치해 있어 도
심에서 한눈에 바라보였다. 시청사 앞마당에 세워진 거대한
크리스마스트리의 네온 불빛이 손에 닿을 듯 가까웠다. '21
세기형 새로운 꿈의 도시 ㅁ시'라는 캐치프레이즈가 트리

꼭대기에서 반짝이고 있었다.

대학 1학년 때의 크리스마스 밤이 문득 생각났다.

"크리스마스이브를 다른 사람들과 나눠 갖는 게 싫어. 단둘이 있고 싶어"라고, 여전히 고시원에서 살고 있던 남편이 말했다. 그해 법대를 졸업한 남편은 이미 사법고시 삼수생이었다. 우리는 시내버스를 타고 사람들을 피해 도심에서 먼 종점까지 갔다. 시골과 다름없는 변두리였다. 그의 말대로 사람들이 없어 좋았다. 우리는 손을 잡은 채 허름한 종점거리를 지나갔다. 비닐하우스들이 연이어 나왔다.

어떤 비닐하우스엔 대파가 한창 자라고 있었다.

비닐하우스 안에 슬쩍 들어가 연탄난로 앞에 마주 앉으니 세계가 모두 지워졌다. 지구의 맨 끝에 우리 둘이서만 밀려 나와 앉아 있는 것 같았다. 나와 함께 화려한 도심에서 크리스마스이브를 보낼 만큼 그에게 돈이 많지 않았다는 것은 나중에 안 일이었다. 비록 가진 건 없었지만 그때만 해도 앞날에 대해 잔뜩 부풀어 있었던 젊은 그의 눈빛은 초롱하고 환했다. 연탄난로로 데워진 비닐하우스 안의 대파들은 아주 실팍하고 푸르렀다. 그가 파밭 고랑에 준비해온 촛불을 켜 세웠다. 꼿꼿하게 곤추선 대파들의 그림자가 낮은 곳에 내려놓은 촛불로 커다랗게 확대되어 비닐 막에 인화되었다. 인화

된 그림자는 세상에서 가장 큰 크리스마스트리가 되었다.

"멋지지 않니. 봐, 내가 만든 크리스마스트리야."

그가 스무 살의 내 눈을 보며 속삭였다.

그런 남편이었다. 전화를 걸었으나 남편은 받지 않았다.

나는 화려한 도심을 한 바퀴 크게 돌아 남편이 근무하는 스포츠 관계 협회 사무실이 있는 골목으로 들어갔다. 남편은 이미 퇴근한 듯했다. 협회 사무실 창은 불이 꺼져 있었다. 가을까지만 해도, 정우를 학원에 데려다주고 난 후 남편을 사무실 앞에서 픽업, 집으로 함께 돌아오는 게 관행이었다. 6시 수업이 시작되는 학원과 10시 반 시작되는 과외 수업 장소가 가까워서 12시 반 한 번만 정우를 데리러 나오면 되기 때문이었다. 그렇지만 언제부터인가, 이 관행은 지켜지지 않았다. 특별히 약속하지 않는 한 남편은 알아서 퇴근하기 시작한 것이었다. 언제부터 이렇게 관행이 변한 건지는 기억나지 않았다. 나 때문에 이렇게 된 건지 남편 때문에 이렇게 된 건지, 그것도 알 수 없었다. 확실한 것은 함께 돌아오는 관행이 사라진 뒤부터 한 번도 남편과 눈을 마주 보며 대화를 나눈 적이 없다는 사실뿐이었다.

나는 남편에게 다시 전화를 걸었다.

통화가 된다면 오늘 밤은 어디든, 버스 종점 같은 데로 함께 가서 하다못해 소주라도 한잔 같이하고 싶었다. 비닐하우스까지 찾아갈 치기는 남아 있지 않았다. 취하면 어디에서부터 어떻게 우리가 어긋나기 시작한 것인지 솔직하게 토론하고 싶기도 했다. 어긋난 지점을 찾아 공유하지 않으면 함께 가야 할 새로운 길도 찾아내지 못할 것이기 때문이었다. 우리, 한번 다시 시작해요. 그렇게 말하고 싶었다. 대파 하나로 세상에서 제일 큰 크리스마스트리를 만들어준 당신이잖아요! 라고도 말할 것이었다. 그러나 남편의 휴대폰에선 계속 아무런 화답도 없었다.

어디 있어요, 당신?

나는 해안도로로 차를 밀어 넣으며 중얼거렸다.

나를 구해주세요, 라고 나는 또 말해보았다. 당신만이 나를 구할 수 있어요. 우리를요, 우리를 구해야 해요. 해안도로는 오늘따라 차가 잘 빠졌다. 이제 크리스마스만 지나면 마흔이었다. 아아, 마흔. 눈물이 날 것 같았다. 남편은 어디 있을까. 바람 찬 도시의 어느 뒷골목을 절룩거리며 걷고 있는 남편의 황막한 뒷모습이 차창에 가뭇없이 흘러갔다.

구시가지로 이어지는 신세기대교가 보였다.

대형 입간판 속에서 '21세기형 새로운 꿈의 도시 ㅁ시'라는 구호를 떠받들고 선 시장이 어둠침침한 구시가지를 향해 웃고 있었다. 시민들은 시장이 무엇보다 '국제적 비즈니스'에 탁월하다고 말했다. 운류산을 중심으로 완성될 테마파크 사업에 '국제적 비즈니스 감각'을 십분 발휘, 외국 돈도 많이 끌어온다고 했다. 나는 액셀을 더욱 거칠게 밟았다. 시장이 말하는 '꿈'은 날조된 것이었다. 그것은 신기루 같은 것이며, 신시가지를 위해 구시가지 사람들의 더 많은 헌신을 요구하는 바이러스나 다름없었다. 그 바이러스에 감염돼 죽어가는 한 남자의 그늘진 이미지가 나를 잡아당겼다.

여름이는 어떻게 지내고 있을까.

내 집에 최근 얼씬도 하지 않는 걸 보면 그는 여름이를 예전처럼 다시 가둔 게 확실했다. 감금된 그 애가 손바닥이 부풀어 오르도록 방바닥을 반복해 두들기는 소리가 들리는 것 같았다. 그것은 내게 보내는 다급한 조난신호였다. 안 돼. 여름일 풀어줘야 해! 나는 말했다. 매립 지구는 을씨년스러운 어둠에 깊이 잠겨 있었다. 나는 무의식적으로 차의 머리를 매립 지구 쪽으로 돌렸다. 그때, 방파제 길 끝에서 누군가 이쪽으로 걸어오고 있는 게 멀리 보였다.

그제야 나는 황급히 브레이크를 밟았다.

아직 얼굴은 뚜렷이 보이지 않았으나 이쪽으로 걸어오고 있는 사람은 분명히 다리를 절고 있었다. 솟구쳐 오르던 가슴이 갑자기 철렁 하고 내려앉았다. 혹시, 당신? 나는 눈을 부릅떴다. 감각의 안테나가 비등점을 향해 가파르게 솟았다. 서둘지 않는 걸음새였다. 절룩거리느라 어깨가 쫄렁쫄렁하고 있었다. 이미 버려져 오가는 이 거의 없는 매립 지구를 등지고 걷기 때문인지, 절룩거리는 그림자는 어딘지 모르게 비장해 보였다.

나는 차의 방향을 구시가지 쪽으로 얼른 바꿨다.

백미러에서 매립 지구가 완전히 사라진 다음에야 컴컴한 골목 안쪽으로 차를 밀어 넣고 헤드라이트와 엔진을 껐다. 우리 집으로 가려면 반드시 지나야 할 길이 환히 내다보이는 위치였다. 잠시 후 방파제 길을 걸어 나온 남자가 골목 밖의 좁은 도로에 나타났다. 낡은 가로등이 켜진 2차선 도로였다. 걷는 데 지쳤는지 남자는 잠시 가로등 밑에 멈춰 서서 자신이 걸어온 매립 지구를 뒤돌아보았다. 풍진의 먼 길을 걸어온 사람 같았다. 남편이었다. 가슴이 마구 뛰기 시작했다. 매립 지구에 대해 남편이 말하는 걸 들은 적도, 함께 와본 기억도 없었다. 남편은 무슨 일이 있어 내 전화도 받지 않으면서 퇴근하자마자 매립 지구로 왔을까.

동백횟집으로 가볼 마음은 더 이상 나지 않았다.

남편이 집에 도착하고 남았음직한 시간을 기다린 후에 남편에게 전화를 걸어보았다. "집이에요?" 내가 물었고, "집이지, 그럼." 남편은 언제나 그렇듯 심드렁한 목소리로 대답했다. 나는 애써 마음을 가라앉히며 남편처럼 짐짓 심드렁한 어조로 덧붙여 물어보았다. "아까 전화를 안 받던데, 어디 들렀다 왔나 보네?" "들르긴 어디에 들러? 밥은 이미 먹었어. 일 있으면 나중에 애나 데리고 들어와. 난 좀 있다 잘 거야." 남편은 시치미를 뚝 떼고 전화를 끊었다. 나는 남편이 잠시 머물렀던 가로등 밑에 차를 세우고 오랫동안 앉아 있었다. 등 뒤엔 동백횟집으로 가는 방파제 길이 놓여 있었고 앞으로는 우리 집으로 이어지는 길이 뻗어 있었다. 아무리 생각해도 내게 거짓말까지 하면서 남편이 매립 지구를 다녀와야 할 어떤 실마리도 떠오르지 않았다.

"대파, 라고 할게."

크리스마스이브의 비닐하우스에서 남편이 한 말이었다.

까마득히 잊었던 일들이 바로 엊그제 일인 듯, 봄풀처럼 툭툭툭, 살아났다. 스무 살이 되던 그해 크리스마스이브에 혹시 눈이 내렸었던가. 난로의 연탄을 갈기 위해 비닐하우스로 나온 파밭 주인에게 쫓겨난 새벽, 종점 변두리의 어수선한 골목길들이 눈에 덮여 있었는지 어쨌는지는 생각나지 않지만, 줄지어 늘어선 빈 버스들과 여명으로 조금씩 드러나던 비닐하우스 흰 이마들과 앙상하고 키 큰 미루나무 몇몇, 그리고 가로에 나란히 선 채 그가 한참 동안의 침묵을 깨뜨리고 했던 말은 아직도 또렷했다. "나, 사, 사랑해, 그 말, 차마 못 해. 그런데 비닐하우스에서 계속 그 말을, 막, 하고 싶었어. 그래서 하는 말인데, 앞으로 대파! 하면 그 말인 줄 알아. 대파, 말야. 대파!" 나는 그의 말에 웃었고, 그는 얼굴을 붉혔다. 이어서 그는 또 말했다. "너는 쪽파, 해. 쪽파! 하면 나도 사랑해, 하는 말로 들을게. 지금 연습으로 해봐. 대파!" 너무 웃겨서 나는 아무 대답도 할 수 없었다. 그는 가로수를 붙잡고 내가 웃거나 말거나 큰 소리로 외쳤다. "대파! 대파!"

연애 시절 그가 "대파!" 하면 나는 "쪽파!" 했다.

신혼 시절에도 그랬다. 사법고시에 거듭 낙방해도 '대파'와 '쪽파'가 있어서 우리는 가난하다고 생각하지 않았다. 남편은 늘 우렁찬 목소리로 "대파!" 했고 나는 키득거리며 겨우 그에게만 들릴 만한, 그러나 또랑한 목소리로 "쪽파쪽파!" 했다. '대파'와 '쪽파'가 있는 한 언젠가 이 땅은 우리에게 기회의 나라가 될 것이라고 믿었다. 우리가 꿈꾸는 미래는 신시가지와 구시가지로 나뉘는 세계가 아니었다.

그는 80년대 학번으로 이른바 전형적인 386세대였다.

1,2학년 시절엔 루카치나 『모택동 평전』, 혹은 체 게바라의 자서전을 끼고 살았다. 『죽음을 넘어, 시대의 어둠을 넘어』라는 광주민주화운동에 대한 복사본을 읽고는 큰 충격을 받았다. 그것은 갖고 있기만 해도 처벌받는 금서였다. 데모대에 끼었다가 유치장 신세를 진 것도 그 무렵의 일이었다. 조사하던 경찰은 그가 단순 가담자라는 것이 판명 났음에도 "이 빨갱이 새끼!"라고 하면서 사정없이 발길질을 했다. 유치장에서 풀려난 직후 그와 비교적 가까웠던 인문대 학생회장이 붙잡혀 갔기 때문에 한동안은 동료들로부터 '밀대'로 의심받은 적도 있었다. 데모대에 끼어 있으면 무섭고 물러나 있으면 비겁한 것 같아 죽고 싶었다. 5·18의 진상을 밝혀달라고 요구하던 전남대 학생회장이 끝내 단식으로 유명을 달리하던 해였다. 군부 권력은 사람들이 죽든 말든 끄덕도 하지 않았다. 동아리 선배 동료들의 일부는 감옥으로 갔고 일부는 노동운동을 위해 위장 취업을 해서 노동현장으로 갔다. 그도 스무 날쯤 구로동의 어느 자동차 부품 공장에 출근한 일이 있었다. 그러나 몸이 약골이었던 그는 짐을 져 나르다가 한 달도 채 되기 전에 정강이를 부러뜨리고 말았다. 깁스를 하고 3개월 넘게 살아야 했다.

육법전서가 비로소 눈에 들어왔다.

나다니지 못하는 석 달 동안 그는 법률관계 책을 본격적으로 읽었다. 빈부와 이념의 가름이 난무하고 민주화의 열망이 최고조에 이르던 시기였다. 공부는 그의 기분에 잘 맞았다. 그는 비로소 인권 변호사를 꿈꾸었다. "나는 아마 비겁해서 도망치려고, 변호사의 길이 내게 맞다고 생각했던 것 같아. 겁쟁이였으니까." 언젠가 그가 회한에 차서 한 말이었다. 어쨌든 소심하고 약했던 그로서는 그 길을 가는 것이 억압받고 소외받는 사람들의 눈물과 한숨을 닦아주는 것보다 효과적인 자신의 길이라고, 적어도 그때는 그렇게 생각한 것이었다.

남편의 얼굴을 똑바로 볼 용기가 나지 않았다.

나는 신시가지로 다시 나와 정우의 과외가 끝나기를 기다렸다. 신시가지의 도심은 밤이 깊을수록 더욱더 화려하게 깨어났다. 젊은 연인들이 지나가고 어깨동무한 취객들이 지나가고 값비싼 외제차들이 연이어 지나갔다. 어디서인지 크리스마스캐럴이 계속 차창을 넘어왔다. 남편의 황량한 꿈속에서 나의 모습은 어떤 모습일까. 가을이 깊어져 이윽고 겨울이 올 때까지, 거의 매일 동백횟집에 드나들었으니, 남편에게도 어떤 소문이나 정보가 전달됐을 가능성을 완전히 배제할 수는 없었다.

"쪽파쪽파……."

나는 소리 내어 말해보았다.

아무런 울림도 없는 말이었다. 남편에게 '대파!'라고 소리칠 기력이 남아 있지 않은 것처럼. 시간의 폭풍이 내게서도 모든 걸 휩쓸고 지나갔다는 생각이 들었다. '대파'와 '쪽파'가 너무 낯설어 차라리 어떤 무기물을 가리키는 낱말같이 들렸다. 나는 사막이었고, 남편에 대한 나의 사랑 또한 이미 오래전부터 무덤 속에 있었다. 그러므로 설령 남편이 '동백횟집'을 알고 있다고 해도, 그것이 두렵거나 하진 않았다. 두려운 것은 남편이 아니라 정우였다.

그날 밤 1시쯤인가, 정우가 야식으로 먹고 들어간 과일 그릇을 들고 주방으로 가려다가 나는 멈칫 멈춰 섰다. 다행히 주방의 전등불 스위치를 올리기 전이었다.

개수대 앞엔 작은 채광창이 하나 있었다.

설거지를 할 때 뒤쪽을 내다볼 수 있는 창이었다. 고개를 오른쪽으로 돌리면 운류산 허리가 바라보였고 왼쪽으로 돌리면 매립 지구 쪽을 향해 줄지어 늘어선 냉동 창고들이 바라보였다. 나는 어두운 개수대에 바싹 다가서서 창을 통해 돌담 너머로 시선을 꽂았다. 달에 비친 돌담 너머는 희붐했다. 마른 개천이 있었고, 개천을 따라 키 작은 잡목이 있었고, 잡목 너머 저만큼 철길이 냉동 창고들과 와이(Y) 자를 이루며 뻗어 나가 있었다.

때마침 긴 화물열차가 북행하는 중이었다.

열차의 헤드라이트가 구부러져 흐르면서 냉동 창고 외벽을 슬쩍 핥고 지나갔다. 분명히 그 사람이었다. 그가 냉동 창고를 등지고 서서 이쪽 편을 바라보고 있었다. 냉동 창고 뒤편을 따라 거기까지 온 모양이었다. 운류산 속에서 여름이를 잡아오던 심야에 납치범이라고 여기고 내가 허겁지겁 그를 쫓아갔던 바로 그 길 없는 길이었다. 나는 어둠 속에 있었고, 그는 밝지는 않을망정 어쨌든 은회색 달빛 속에 있었다. 유난히 별도 많이 뜬 밤이었다. 머리 꼭대기에 닿은 달빛과 별빛이 그의 몸통을 한순간 흘러내려 마른 풀들의 뿌리까지 재빨리 스며들고 있었다. 그렇다고 나는 느꼈다. 흡, 하고 숨을 멈췄다. 윤곽이 겨우 보일 뿐이었는데도 그의 표정까지 환히 보이는 느낌이 들었다. 개 짖는 소리조차 들리지 않았다. 기차 소리가 끝나고 나자, 세계는 말할 수 없이 고요했다. 금강석 같은 차가운 고요 때문에 나는 그와 아무런 사실적 거리도 느낄 수 없었다. 낮은 한숨 소리도 들릴 것 같았다.

나예요. 당신이 그리워서 왔어요.

그의 목소리가 환청으로 들렸다.

나는 고개를 저었다. 사례, 라는 말이 그의 입에서 튀어나
왔던 날의 기억은 아직도 선연했다. 내게는 돌이킬 수 없는
상처가 된 말이었다. 아뇨. 우리는 공범일 뿐일 테지요. 나
는 어두운 유리창에 이마를 갖다 댔다. 그리워 심장이 타들
어가는 것은 어쩌면 그가 아니라 내 쪽이었다. 그는 미동도
하지 않았다. 밤마다 당신을 보러 여기 왔었지요, 라는 환청
이 또 들렸다. 나는 창틀을 움켜쥐었다. 그에게 달려가고 싶
어 온몸이 부르르 떨렸다. 그리움은 질병이에요. 어서 돌아
가요. 이곳에 있는 나는 한때나마 당신의 집을 치우고 당신
부자(父子)에게 더운밥을 지어 먹이던 그 여자가 아니에요.
나는 속으로 부르짖었다.

별과 별 사이 같은, 가깝고도 먼 시간이 흘러 지나갔다.

그가 한참 만에 돌아서서 느릿느릿 냉동 창고를 따라 걷
기 시작했다. 달빛과 별빛이 그의 등과 어깨를 흠뻑 적셔놓
고 있었다. 먼 곳에서 개가 컹컹 짖다가 말았다. 그는 어깨
를 조금 숙인 채 일정한 보폭으로, 그러나 걷지 않는 것처럼
마른 잡초 사이를 가만히 흘러갔다. 돌아올 길 없는 우주의
반대편으로 떠나는 사람 같았다.

냉동 창고들이 한입에 그를 잡아먹었다.

마른 풀밭에는 그가 좀 전에 그곳에 있었다는 아무런 흔적도 남아 있지 않았다. 바람 한 점 없는 밤이었다. 수백 년 전에 제 숙주를 떠났을지 모르는 연푸른 별빛만이 차가운 대지에 남아 있었다. 나는 개수대 앞, 주방 바닥에 생을 놓아버린 여자처럼 가만히 쭈그려 앉았다. 정우가 남긴 과일 접시가 내 손에 들려 있었다. 뜨거운 것이 목젖을 젖히면서 쑥 하고 올라왔다. 무릎을 모아 세우고 거기에 얼굴을 내려놓았다.

나의 이마가 우주보다 더 무거웠다.

주리가 만취한 목소리로 전화를 걸어온 것은 이틀 후 한밤이었다.

"그 자식에게 글쎄, 약혼까지 한 젊은 애인이 있더라구. 계획적으로 접근한 거였어. 나쁜 새끼야!" 그녀는 다짜고짜 말했다.

'나쁜 새끼'는 그녀가 사랑해 마지않던 '미스터 정'이었다.

그의 이름으로 된 화랑을 내기 위해 그녀는 이미 위자료로 받은 현금 전부를 투자했을 뿐만 아니라 오피스텔까지 근저당을 잡혔다고 했다. "날보고, 그 자식이 그랬어. 거울을 좀 봐요. 결혼이라니, 내 아내 되기엔 너무 늙었잖아요. 어떻게 내게, 그런 잔인한 말을, 직접 할 수 있니. 절대 가만 히 안 돼. 쇠고랑을 채우고 말 거야!"

울면서 그녀가 소리쳤다.

예감하고 있었던 일이었기 때문에 나는 아무 대답도 하지 않았다. 온몸이 한차례 부르르 떨렸을 뿐이었다. 불안한 예 감의 바늘은 이제 나를 가리키고 있었다.

떠난 자 남는 자

중앙정부와 언론 매체가 합동으로 선정한 금년도 지방자치단체 중 최우수 시(市)로 ㅁ시가 뽑혔다는 기사를 보았다. 시정의 홍보와 안내를 위해 발행되는 무가지(無價紙)의 앞면에 그 기사가 실려 있었다. 그리고 곧 시내 곳곳에 최우수 시 선정을 경축하는 현수막이 내걸리기 시작했다. 아울러 운류산에서부터 신시가지 호수와 서해를 하나의 벨트로 잇는 거대한 '그린벨트' 사업이, 중앙정부의 지원은 물론이고 다국적 자본을 끌어들여, 내년부터 본격적으로 시작된다는 홍보 현수막도 함께 내걸렸다. 우리나라 최대의 방조제를 쌓아 조성한 호수는 거대했고, 내륙으로 이어지는 운류산

산세는 빼어났다. 운류산을 국제적 감각에 맞는 테마파크로 개발하고 호수를 중심으로 한 위락 시설을 보완해서 서해 최대의 관광레저 도시를 만들겠다는 것이었다. 활주로가 하나밖에 없는 외곽 지역의 ㅁ공항에선 이미 또 하나의 활주로가 건설되고 있었다. 활주로가 늘어나고 청사를 더 키우는 공사가 완공되는 시점이 되면, 지방 공항에서 국제공항으로 바뀐다고 했다.

중국과 가까운 것은 여전히 ㅁ시 최대의 장점이었다.

대중국 수출을 위한 제조 공장이 즐비하게 들어선 데다가 경관 또한 빼어나서 위락 시설만 잘 조성하면 중국 관광객들이 비약적으로 늘어날 것이라는 전망이 제시됐다. 우리나라 최대의 중국인 거리 조성을 위해 외국자본을 새로 들여온다는 소문도 돌았다. 초호화 관광호텔에 카지노를 들이고, 상해와 대련을 정기적으로 오고 가는 호화 유람선도 띄울 계획이라고 했다.

대단위 쇼핑센터 부지들은 이미 마련되어 있었다.

요컨대 비행기와 배로 쏟아져 들어오게 될 중국의 신흥 부자들이 ㅁ시를 전국에서 가장 잘사는 국제적인 도시로 만들 것이라는 게 시의 설명이었다. "경기가 죽든 말든 아무 상관 없이 지속적으로 소비할 수 있는 중국 국민만 해도

5천에서 1억이래. 우리나라 전 인구보다 많은 거지. 그들이 몰려오기 시작해봐. 우리 시도 경기가 죽든 말든 상관없이 성장하는 도시가 되겠지." 사람들은 그렇게 속삭였다. 그 모든 희망의 중심엔 3선(選)을 앞둔 '탁월한 비즈니스맨' 시장이 있었다.

"그러니까 쓰레기가 더 늘어난다는 거네."

나는 기사를 읽다 말고 한숨을 쉬며 중얼거렸다.

도시가 번성할수록 쓰레기는 늘어나고, 그 쓰레기들은 당연지사 구시가지로 실려올 터였다. 그에 비해 공업단지 남쪽엔 작년부터 신시가지의 항구보다 접안 시설이 두 배나 되는 새로운 항구가 건설되고 있었다. 수출을 위해 중앙정부가 예산의 대부분을 투자한 공사였다. 남쪽으로 뻗는 외곽도로들이 덩달아 생겼다. 남쪽으로 새로운 기간 시설들이 나날이 늘어난다는 것은 구시가지가 그만큼 더 버려진다는 뜻이었다. 구시가지를 재개발하는 것보다 비어 있는 땅을 개발하는 것이 훨씬 경제적이라고 시장은 늘 설명했다. 시장의 설명은 개발로 경제적 지표들을 개선하려는 중앙정부의 지향에 알뜰히 부합했다. 개발과 경쟁을 부추겨 지배를 넓히려는 세계화의 물결에도 딱 들어맞았다.

도시는 그래서 자꾸 남쪽으로 뻗어갔다.

북쪽의 구시가지는 자연 빈 건물이 늘어났고, 공해 유발로 말썽이 생겨 더 이상 신시가지에서 버틸 수 없는 반환경적 기업들이 그 빈 건물들 속으로 슬쩍슬쩍 스며들었다. 신시가지에 비해 더 목가적이고 전원적인 풍경인 구시가지가 훨씬 더 공기 중 오염이 심하다는 보고서를 본 적이 있었다. 구시가지의 공장들에 대해선 환경 평가나 오염 물질 배출 기준을 완화해 적용함으로써, 시에서 은근히 폐수나 오염 물질이 많이 생기는 문제의 공장들을 구시가지로 옮겨 가도록 획책하고 있다는 소문도 돌았다. 쓰레기 소각장뿐만 아니라 구시가지 전체가 오염의 덩어리로 전락하고 있었다. 호흡기 질환자가 속출했고 원인 불명의 암 환자도 급증했다. 누가 어디에서 사느냐고 물으면, 떠날 수 없어서 떠나지 못하는 구시가지 사람들은, 너나없이 신시가지의 주소를 대곤 했다. 구시가지 주소를 대면 이내 상대편의 대우가 나빠지기 때문이었다.

시장은 승승장구했다.

가장 빠른 시간에 ㅁ시를 이만큼 키워놓은 공로에서 시장은 늘 첫손가락에 꼽혔다. 다음엔 시장으로 출마하지 않고, 국회의원이 되거나 장관으로 뽑혀 나갈 것이라고 예상하는 사람이 많았다. 사실 시군구 지방자치단체장 중에서 시장만큼 전국적으로 유명한 사람도 없었다. 소외받는 사람들을 위한 혁명을 꿈꾸다가 젊은 날 감옥살이한 이력도 시장에게는 보탬이 되었다. 무조건 좌파나 우파로 분류하는 습성을 가진 편협한 사람들조차 시장을 다 자기 편이라고 말하는 실정이었다. 시장은 '실용주의'라는 말로써 좌우 이데올로기의 어느 그물망에도 걸려들지 않는 교묘하고도 탁월한 정치 감각을 발휘했다. 시장이 곧 전국적인 정치 무대에 서리라는 것을 의심하는 사람은 이제 거의 없었다.

도시는 빠른 속도로 팽창해나가고 있었다.

공업단지를 넘어 남쪽으로 뻗어 나간 신흥 아파트 단지를 사람들은 '강남'이라고 불렀다. 그곳엔 강도 없는데 강남(江南)이 되었다. ㅍ시 방향이었다. 30층이 넘는 초고층 아파트들이 날로 늘어났다. 서울의 '강남'을 뺨칠 정도였다. 기존의 신시가지가 비즈니스 거리라면 새로 생겨난 '강남'은 최상위 부자들의 '베드타운'이라고 할 수 있었다. 파출부로 출근하는 구시가지 여자들은 호숫가 신시가지에서 일할 때보다 출근 거리가 늘어났다고 불평했는데, 괜한 불평이었다. '강남'은 임금도 다를 뿐 아니라 사회적 위상도 높아 출근 거리가 멀어지더라도 너나없이 '강남'에서 일하기를 바라는 분위기였다. 이제 대세는 다시 '강남'으로 바뀌고 있었다.

12월이 되면서 강·절도 사건은 더 빈발했다.

범인이 붙잡히긴 했지만, 살인 사건도 두 건이나 생겼다.

절도 사건은 비약적으로 늘었다. 시장의 뜻에 따라 자율 방범대가 만들어지고 경찰 병력도 늘어났지만 소용없었다. '타잔'이라는 말이 자꾸 '타잔'을 불러들이는 꼴이었다. 스스로 '타잔'이라고 써놓고 나간 절도범도 있었다. 이왕에 도적질로 뛰어든 바에야 이미 전설이 된 '타잔'으로 행세하기를 바라는 이상한 풍조가 도시를 휩쓸고 있는 중이었다. 심지어 성폭력범도 "내가 바로 타잔이야"라고 말하더라 했다. 그러나 모두 '가짜 타잔'일 뿐이었다. '원조 타잔'이라고 불러야 할 그는 내가 알기로는 가을이 깊어진 이후 그의 '비즈니스'를 완전 중단하고 있었다. 언젠가 그는 말한 적이 있었다.

"사는 게, 알고 보면 비즈니스 아닌 게 없지요."

그가 도적질을 '비즈니스'라고 불렀을 때 나는 쿡쿡 웃었다. 나의 매춘도 내 스스로 '비즈니스'라고 불러왔기 때문이었다. 그는 한때 자신을 가리켜 '비즈니스맨'이라고 불렀고, 나는 나를 가리켜 '비즈니스우먼'이라고 불렀다. 시장이 우리에게 가르쳐준 용어였다. 우리들은 서로를 손가락질하면서 "비즈니스맨!" "비즈니스우먼!"이라고 말하면서 배꼽을 붙잡고 웃기도 했다. 달밤의 체조였다. 나를 손가락질하며 그가 "비즈니스우먼!" 하면, 내가 허리를 비틀고 웃으면서 그를 가리켜 "비즈니스맨!" 하고 화답했다. 오래전 남편과 "대파!" "쪽파쪽파!" 하면서 놀았던 일이 생각났다. 그러나 '대파'와 '쪽파쪽파' 하곤 본질적으로 다른 놀이였다. '대파' 와 '쪽파쪽파'엔 순정만 깃들어 있었지만, '비즈니스우먼'과 '비즈니스맨'엔 자기 파멸의 욕망이 숨겨진 자학과 자조가 깊이 섞여 있었다.

"비즈니스하러 가야겠네."

술좌석에서도 사람들은 흔히 그런 농담을 했다.

"밤중에 무슨 비즈니스?"

"내가 타잔인 거 몰랐나. 헛, 줄타기하러 가야지."

'비즈니스'에 감염된 시민들의 일상적인 대거리였다. 이상한 것은, 허헛, 하는 사람들의 표정 속엔, 농담을 가장하고 있긴 했으나 '타잔'에 대해 어떤 그리움 같은 것이 간절히 깃들어 있다는 사실이었다. 그것은 이 시대의 뛰어난 '비즈니스맨'들에게 보내는 존경과 숭상의 눈빛과 비슷하면서도 달랐다. 소외받고 사는 가난한 사람은 물론, 스스로 중산층이라고 생각하는 자영업자나 월급쟁이들 중에도 그런 사람이 많았다. '타잔'을 분명 그리워했을 뿐 아니라 좋아하기까지 했다. 그들은 자신들의 인생이 실패했거나 전망이 없다고 느끼는 사람들이었다. '타잔'은 실패한 그들에게 위로를 주었다. 이상한 현상이긴 했지만, 사실이었다. 좀도둑들조차 자신을 가리켜 '타잔'이라고 불러주기를 바라는 것은, 그러므로 비즈니스에서 크게 성공했다는 평가를 누구나 원하는 것과 마찬가지로, 자연스러운 욕망이었다.

얼마 전 신시가지에서 생긴 사건은 정말 끔찍했다.

고등학생 하나가 아파트의 도시가스관을 타고 아파트 4층까지 올라갔던 모양이었다. 밤 11시쯤이었다. 베란다 난간을 막 타넘으려다가 거실에서 골프채를 든 채 샷 포즈를 연습해보고 있던 주인 남자와 눈이 마주친 게 화근이었다. 주인 남자는 골프공이 아니라 베란다 난간을 넘어오려던 고등학생의 머리를 겨냥해 즉각 골프채를 휘둘렀다.

고등학생은 4층에서 떨어져 즉사했다.

골프채로 맞은 머리는 함몰됐고, 허리는 부러져 있었다. 전과가 전혀 없는 고등학교 1학년 학생이었다. 친구들에 따르면, 근처 호숫가에서 몇 명이 모여 몰래 소주를 마시다가 갑자기 "내가 바로 타잔"이라면서 그 학생이 혼자 아파트로 들어갔다고 했다. 단순히 잘못된 기개를 보이려다가 젊은 목숨 하나가 골프채에 맞아 유명을 달리한 것이었다. 그것은 그 고등학생이 자신의 행동을 '비즈니스'로 인식하지 않아서 생긴 비극적 결과였다. 경찰은 주인의 정당방위를 인정했다. '타잔'에 대한 신시가지 사람들의 공포감이 여론을 주도하고 있었기 때문이었다. 죽은 고등학생의 어머니는 근처의 아파트에서 파출부로 일하고 있었다. '원조 타잔'인 그의 아내가 묻힌 산에서 가까운, ㅁ시와 ㅍ시의 중간쯤 되는 외곽 마을에 사는 모자(母子)였다.

12월의 신시가지 도심은 그러나 여전히 네온 불빛이 휘황했다.

거실 탁자에 올려둔 전화기가 울리고 있다는 걸 알아차린 것은 잠자리에 들려고 막 클렌징크림으로 얼굴 화장을 닦으려던 참이었다. 밤 1시가 조금 넘은 시각이었다. 남편은 물론, 야식을 가볍게 먹고 나서 제 방으로 들어간 정우도 벌써 잠에 빠져들어 있었다. 전화기는 진동 모드로 해놨기 때문에 큰 소리를 내진 않았다. 귀를 기울여야 겨우 들릴 만한 빙, 하는 소리였다. 밤 1시에 전화 걸 사람은 없었다.

나는 가만히 방을 나와 얼른 전화기를 집어 들었다.

액정 화면에 떠오른 사람은, 그가 아닌가. 자신의 삶에서 나를 완전히 지우기로 작정하고 연락 한 번 없었던 그 사람이었다. 나는 당황해서 전화기를 든 채 이러지도 저러지도 못하고 가만히 앉아 있었다. 끝까지 다 울리고 나서 전화가 저 혼자 끊어졌다.

전화기를 끌까, 라고 생각하는데, 전화기가 다시 울리기 시작했다.

불현듯 여름이가 떠올랐다. 여름이에게 무슨 일이 생긴 거야. 그렇지 않고선 이런 시간에 그가 나를 찾을 리가 없어. 심장이 쿵쿵 하면서 마구 뛰었다. 그가 한밤중에 전화를 걸어온 이유로 상상할 수 있는 것은 여름이에게 화급한 일이 생긴 것뿐이었다. 나는 발소리를 내지 않고 재빨리 옥상으로 올라가서 통화 버튼을 눌렀다.

"저기요…… 미안해요……."

그가 숨 가쁜 목소리로 다급하게 속삭였다.

"무슨 일이에요? 여름이가 어디 아픈가요?"

"여름이가 아니라…… 암튼 지금 좀 와주세요. 부탁이에요."

"무슨 일인지 몰라도…… 지금 가긴 곤란해요. 밤 1시가 넘었어요."

"알아요. 하지만 사람을…… 살려야 해서요. 이대로 두면 죽을 거예요. 그쪽 집에서 보면 두번째 냉동 창고인데요. 제

발요. 사람이 죽어가고 있어요…….”

“냉동 창고에서…… 누가…….”

내 말이 끝나기도 전에 전화가 끊어졌다.

배터리가 다 소진된 모양이었다. 다시 걸었으나 그의 휴대폰은 더 이상 통화로 연결되지 않았다. 오리무중인 데다가 청천벽력이었다. 도대체 누가 죽어간다는 것인지 알 수 없었다. 여름이가? 여름이라면 왜 냉동 창고에 있단 말인가. 가지 않더라도 어차피 잠은 이루지 못할 것이었다. 더구나 그의 목소리는 너무도 절박했다. 정말 절박하지 않았다면 결단코 전화를 걸어올 사람도 아니었다.

안방에선 남편의 코 고는 소리가 크게 울려 나왔다.

남편이 잠드는 시간은 점점 늘어나서, 요즘은 텔레비전의 9시 뉴스도 보지 못하고 잠들기 일쑤였다. 수면증이라도 걸린 것 같았다. 망설이던 나는 일단 청바지로 갈아입은 뒤 오리털 파카를 둘러쓰고 손전등을 찾아 들었다. 뒤란의 돌담을 넘고 마른 개울을 지나 운류산 산발치의 풀밭을 더듬어 간다면, 길이 없어서 그렇지, 냉동 창고까지 그다지 먼 거리는 아니었다. 나는 가만히 뒷문을 열고 나와 돌담을 넘었다. 돌담은 거의 무너져 담장이라고 할 것도 없었다. 개울은 부분적으로 얼음이 좀 얼어 있었다. 마른 개망초들이 허리춤까지 닿았다. 지난가을, 그가 여름이를 끌고 가던 심야에 한 번 가봤던 길이었다. 개망초와 말라붙은 풀들은 발에 밟힐 때마다 버석버석, 메마른 울음소리를 냈다.

두번째 냉동 창고 앞에서 그가 손전등을 흔들어주었다.

30, 40미터씩 간격을 두고 죽 늘어서 있는 냉동 창고들은 거의 10여 채나 되었다. 그중에 몇 동은 일제시대에 지어진 건물이었다. 해산물을 저장하려고 지어진 건물이었지만 전쟁의 막바지엔 군수물자 창고나 무기고로 썼다고 했다. 워낙 낡아서 벽이 일부 무너진 건물도 있었고 지붕에 풀이 무성하게 자라난 건물도 있었다. 해방 후 몇 채가 더 지어졌다. 동백횟집이 있는 매립 지구가 생기기 전엔 바다가 건물 어귀까지 들어와 닿아 있었다. 주로 해산물 저장이나 가공을 위해 썼고, 일부는 젓갈을 발효시키기 위해 사용했다. 동란 때는 사람들을 가두거나 처단하는 장소로도 쓰인 모양이었다. 냉동 창고 안에서 늘 비명 소리가 끊이지 않았다는 것이었다. 비교적 성한 것은 해방 후 지었다고 알려진 우리 집에서 가까운 건물 몇 동이었다.

"대체, 무슨 일인가요?"

내가 숨을 헐떡이며 물었다.

대답 대신 그가 내 손을 잡아 안으로 잡아당겼다. 건물 안은 캄캄했다. 쓰레기나 다름없는 것들이 잡다하게 쌓여 있었다. 꽤 너른 공간이었다. 손전등을 여기저기 비춰봤으나 특별히 눈에 띄는 것은 없었다. 쥐 떼들이 찌직거리면서 불빛을 피해 우르르 흩어졌다. 나도 모르게 그의 팔을 꽉 잡아쥐었다.

"이쪽으로 와봐요."

한 켠에 지하로 내려가는 계단이 보였다.

"원래 젓갈 발효실로 쓰던 지하실이에요."

무엇인가 부패한 듯한 냄새가 지하로부터 올라왔다. 그의 옷깃을 잡고 계단을 내려가다 말고 하마터면 나는 비명을 지를 뻔했다. 그가 비춘 손전등 불빛에 반듯이 누운 한 남자의 모습이 보였기 때문이었다. 트레이닝복 차림의 남자였다. 지하실은 열 평쯤 되어 보였는데 지층보다 오히려 깨끗이 치워져 있을 뿐만 아니라 멍석까지 깔려 있었다. 남자는 조금 토한 것 같았다. 얼굴은 백랍처럼 희고 몸은 조금 비대한 편이었으며 입술엔 거품이 조금 묻어 있었다. 남자는 꼼짝도 하지 않았다.

"주, 죽은 거예요?"

"아직은…… 숨이 있어요. 병원으로 데려가야겠는데, 자정 넘으면 신세기대교에서 검문이 있잖아요. 혼자 싣고 나가면 금방 걸릴 것 같아서요. 정말 미안해요. 처음에 너무 당황해서 찾았지만, 전화가 끊어지고 나서는, 차라리 잘됐다 싶어 혼자 업고 나가려던 참이었어요."

"누군데요, 이 사람이?"

그가 대답 대신 남자를 끌어당겨 등에 업었다.

건물을 나와 앞쪽으로 돌아 나오자 저만큼 마른 풀밭에 그의 차가 세워져 있는 게 보였다. 예전엔 차가 드나드는 길이었겠지만 지금은 그곳도 버려진 풀밭이었다. 허름한 주택들이 풀밭 너머에 있다. "나란히 앉아서요, 남자의 머리를 안아요." 그가 낮은 목소리로 속삭였다. 남자를 안는 게 꺼림칙했지만 우선 시키는 대로 할 수밖에 없었다. 차창 밖에서 쓰러진 남자의 얼굴이 잘 보이지 않도록 그가 세심히 신경을 썼다.

검문은 그러나 거의 형식적이었다.

젊은 경찰은 형님이 쓰러졌다는 그의 말을 듣자 뒤쪽을 보는 둥 마는 둥 하고 이내 차를 통과시켰다. 남자의 아내인 척, 내가 남자를 부축하고 있었다. 차가 검문소를 뒤로하고 쏜살같이 해안도로를 달려갔다. 대학 부속병원이 있는 곳은 신시가지와 공업단지 중간쯤이었다.

하늘엔 별 하나 떠 있지 않았다.

여름이는 그 애의 외삼촌 집에 며칠째 맡겨놓았다고, 검 문소를 통과하고 나서 그가 말했다. 동백횟집을 공식적으로 낙찰받은 사람이 여름이의 외삼촌이었다. "새시 공장 한다 면서, 다 망해먹고 세 들어 사는 판이라 데리고 있을 형편은 아닌데요, 일을 좀 꾸미느라, 한두 주일만 맡아달라 간청을 한 거지요." 그가 설명했다. "누가, 일이 이렇게 커질 줄 알 았겠어요? 시장이 당뇨에다가 혈압이 높다는 건 전부터 알 고 있었지만요……."

"그, 그럼 이 사람이……."

그 순간의 내 말은 거의 비명이 되었다.

너무 놀라서 나도 모르게 남자를 반대쪽으로 왈칵 떠밀었 다. 남자의 어깨가 차벽에 부딪쳤다. 이 사람이 시장이라니. 숨이 헉 하고 막혔다. 시장은 새벽이나 밤늦게 꼭 테니스를 치러 다녔다고, 그가 사뭇 빠른 말로 이어 설명하기 시작했 다.

그는 시장의 스케줄을 잘 알고 있었다.

시에서 운영하는 야외 테니스 코트와 실내 스쿼시 경기장 이 갖춰진 '테니스 공원'은 운류산 안쪽 외진 숲 속에 위치 해 있었다. 시장은 새벽엔 보통 테니스를 치고, 새벽 운동을 거른 날엔 일반적으로 일과가 완전히 끝나는 밤 10시쯤, 수

행비서와 운전사를 대동하지 않고 혼자 가서 라켓볼을 쳤다. 고혈압에 당뇨가 있던 시장으로선 규칙적인 운동이 살길이었다. 라켓볼은 파트너가 없어도 되기 때문에 밤이 깊어도 얼마든 혼자 할 수 있었다. 그는 야구 모자를 깊이 눌러쓰고 야외 주차장에 세워진 시장의 차 앞에서 기다렸다고 했다.

"11시쯤 시장이 혼자 나왔어요."

시장은 그를 처음에 알아보지 못했던가 보았다.

"선거 때 캠프에선 정 형, 정 형 하던 사람인데, 내가 망해가던 몇 년 안에 정작 그이의 머릿속에서 내 존재가 지워졌다고 생각하니, 억울하고 섭섭하대요." 그는 덧붙여 말했다. 그는 어쨌든 시장에게 자신의 존재를 설명해 알렸고, 뒤늦게 그를 알아본 시장은 차를 놓고 왔다는 그를 다행히 동승시켜주었다. 그의 차는 시장 공관으로 이어지는 시청사 뒤편에 세워져 있었다. 시장의 차로 구시가지까지 올 수는 없는 일이었다.

"회칼을 하나 준비해 갔거든요."

그가 날 선 목소리로 말을 이었다.

"나는 시장이 내게 조금이라도 미안해할 줄 알았어요."

시장은 해안도로와 쓰레기 소각장의 건설로 인해 황폐해

진 매립 지구에 대해 아무런 미안함도 갖고 있지 않았다. 시의 발전을 위해 당위적인 정책이었다는 게 시장의 대답이었다. 그가 준비한 회칼을 꺼내든 것은 그 대답을 듣고 나서였다.

"만약 시장이 미안하다고 나를 위로했다면……."

그가 그 대목에서 잠시 말을 끊었다.

목이 메는 듯했다. 자신의 삶이 추락한 것에 대해 시장이 진실로 미안하다고 했다면, 냉동 창고까지 데려오지 않았을지 모른다고 말하고 싶은 눈치였다. 시장에게 위로받고 싶은 마음과, 공관에서 훔쳐낸 금괴와 채권을 비롯한 유가증권 등을 되팔아 현금을 마련하고 싶은 마음은, 그의 내부에서 따로 분리된 감정이 아니었을 것이라고, 나는 생각했다. 두 개의 감정은 상충되는 지점이 있기도 했지만 한 덩어리이기도 했다. 거래에서, 그가 가진 문제는 아직껏 그 싹을 다 잘라내지 못한 일종의 온정주의였다. '미안하이. 정 형을 도울 길을 찾아볼게.' 시장이 그쯤 말했다면 그는 아마 자신의 온정주의에 굴복했을지도 몰랐다. 시장은 그러나 회칼을 빼든 그를 오히려 '멍충이'라고 불렀다. 소문만큼 '비즈니스 감각'이 뛰어난 사람은 아니었던가 보았다.

신세기대교에서의 검문은 자정부터 시작됐다.

그는 시장을 밤새 감금해서라도 자신이 계획한 시장과의 거래를 그날 밤 안으로 끝내고 싶었다. 자신이 시장 공관에서 훔쳐온 것들이 뇌물에 의한 것이라고 그는 확신하고 있었다. 등록된 재산 목록과도 맞지 않았으며 알고 보니, 공식적으로 신고된 도난 물품도 소소한 것뿐이었다. 신고에서 누락시킨 것들은 모두 뇌물에 의한 것이 명백했다. 회칼로 협박해 인적 없는 공관 근처에서 그의 차로 시장을 옮겨 태웠다. 운전하는 시장의 옆구리에 칼을 들이대고 신세기대교를 넘을 때는 검문이 시작되기 직전이었다고 했다. 사람들과 마주치지 않고 그는 시장을 앞세운 채 미리 마음먹은 대로 냉동 창고 지하로 들어갔다. 그가 가끔 들르곤 했던 냉동 창고였다.

"나는 비즈니스를 하려고 했던 것뿐이에요."

길어도 새벽까진 결판이 날 거래라고 그는 생각했다.

그는 지하실에서 시장과 마주 앉았다. 예의를 저버린 말과 행동은 하지 않았다. 그는 가급적 깍듯한 말투로, 살림터로서 오랜 역사를 지닌 구시가지를 한 번에 버린 정책의 잘못을 지적했고, 등록된 시장의 재산과 그가 훔쳐낸 도난 물품 목록을 정확히 대조해 시장이 뇌물을 챙기고 있다는 사실을 지적했으며, 최종적으로 그와 시장이 파멸하지 않고 함께 사는 합리적인 거래 조건을 끈기 있게 제시했다. 시장은 그의 협박에 굴복하지 않았다.

그를 오히려 설득하려 들더라고 했다.

시간이 지나갔다. 시장이 마침내 '머리가 아프다'고 호소했고, 그는 '시장님은 당연히 머리가 아파야 한다'고 대꾸했다. '국제적 비즈니스 감각'이 남다르다고 소문난 '타고난 비즈니스맨'인 시장이 그까짓 돈 때문에 전국적인 지도자로 탄탄대로를 가고 있는 자신의 앞날을 포기하진 않을 것이라고, 그는 그때까지도 확신하고 있었다. 거래 합의서에 지장을 받아내면 시장을 공관에 정중히 모셔다줄 작정이었다. 시장이 입에 거품을 물며 픽 하고 쓰러진 것은 그가 "이것은 시장님을 위해 매우 너그러운 최종적 제안"이라고 말한 직후였다. 격렬한 운동 뒤에 받은 정신적 압박과 충격을 시장이 감당하지 못했던 것이었다.

"여기, 그대로 앉아 있어요."

도착한 병원 응급실은 밝았고, 부산해 보였다.

패싸움이라도 났었는지 좀 전에 떠난 앰뷸런스가 한꺼번에 여러 명의 응급 환자를 내려놓은 것 같았다. 그가 야구 모자를 눌러쓰고 시장을 업은 채 곧 응급실로 들어갔다. 응급실 앞에 세워져 있는 차에 신경을 쓰는 사람은 전혀 없었다.

채 1,2분이나 지났을까, 그가 부리나케 다시 응급실을 나왔다. "시장이라는 걸 알아보는 사람은 없었어요." 그가 속삭였다. 이내 차가 응급실 앞을 떠났다. 그를 뒤쫓아 나오는 사람도 없었고, 나를 본 사람도 없었다. 뇌출혈이라니까, 시장이 살고 죽는 것은 이제 전적으로 시간에 달려 있었다. 너무 늦었다면 죽거나 반신불수, 혹은 기억조차 없는 인간이 될 터이고, 늦지 않았다면 수술로써 살려낼 수 있을 터였다.

"곧 시장을 알아보는 사람이 나오겠지요."

그가 도심으로 차를 몰며 말했다.

"나를 찾겠지만, 내 얼굴을 정확히 본 사람은 없으니까 낼 아침까진 아무 일도 없을 거예요. 그러나 경찰이 움직이기 시작하면 머잖아 나의 흔적을 찾아낼 거라고 봐요. 내가 모르는 목격자가 있거나, 검문소 CCTV 같은 데 내 차가 찍혔을 가능성이 많으니까요. 지금 다시 내 차를 몰고 검문소를 통과해 구시가지로 들어가는 건 위험해요. 시내에서 택시를 타고 혼자 들어가세요."

"어디로 가시려구요?"

"일단 오늘 밤은…… 여름이한테 가보려구요……."

그의 눈빛에 잠깐 아득한 바람이 휩쓸고 지나갔다.

가로수가 흔들리고 있었다. 내일은 하루 종일 비나 눈이

올 거라는 일기예보가 생각났다. 시베리아고기압의 영향으로 바람도 세차게 불 거라고 했다. 크리스마스가 불과 며칠 앞으로 다가들어 있었다. 화이트 크리스마스가 될 가능성이 높다는 예보도 있었으나 우리에겐 아무런 축복도 없었다. 축복은커녕 파국의 성탄절이 가까워지고 있다고 나는 느꼈다.

"어디로 가든, 소용없을 거예요."

절망에 차서 혼잣말하듯 나는 말했다.

신시가지 도심에는 빈 택시들이 줄지어 서 있었다. 그가 조금 떨어진 곳에 차를 세우고 나를 비로소 똑바로 바라보았다. 불안하다기보다 생의 끝을 보는 듯한, 아주 깊은 눈빛이었다. 가슴속이 찢어지는 것 같아서 나도 모르게 내 손이 가슴께로 올라왔다.

"어떻게 해서…… 이 지경까지 왔는지 모르겠어요."

그가 한참 만에 말했다.

"사례라고 말해 섭섭해하셨지만…… 그쪽을, 동업자라든가, 그렇게 생각한 적은 한 번도 없었어요. 그쪽을 위해, 내 삶으로…… 끌어들이지 않으려고 했을 뿐이에요……."

그가 머리를 내 쪽으로 기울여왔다.

사례라는 말에, 상처받은 것은 사실이었다. 그러나 그

가 나를 '비즈니스'의 파트너로 대한 적이 없다는 것은 나도 알고 있었다. 그의 말처럼, 정말 어떻게 해서 이 지경까지 온 것일까. 설령 깨어나더라도 시장은 그를 용서하지 않을 것이고, 깨어나지 않는다면 그는 시장을 죽게 한 살인자나 과실치사범이 될 터였다. 시장만이 아니라 그 자신도 마침내 생의 끝에 밀려와 있었다. 내 손이 나도 모르게 앞으로 뻗어 나가 그의 머리를 안았다. 기다렸다는 듯이 그의 이마가 가슴속으로 달려들어왔다.

"예까지 끌어들여서…… 미……안해요."

그가 울음 섞인 목소리로 말했다.

"아주 많이…… 많이 그리웠어요……."

그가 덧붙일 때 빗방울이 후드득 차창에 떨어졌다. 겨울비였다. 괜찮아요. 울지 말아요. 말하고 싶었지만 말은 나오지 않았다. 그가 운다면 내가 울지 말아야 된다고 생각했고, 그가 겁내면 내가 담대해지고 그가 도망친다면 내가 지켜야 한다고 생각했다. 나는 울지 않으려고 필사적으로 미간을 모으고, 그의 머리를 쓰다듬었다. 그가 겁내면 내가 스스로 담대해지고 그가 도망치면 내가 스스로 남아서 무엇이든 지키고 싶은 것이, 그와의 관계에서 내가 진실로 하고 싶은 '비즈니스'였다. 멸망일지라도, 그게 필연이라면 품을 열고서 받아안아야 할 터였다. 생각이 거기에 이르자, 신기하게도 두려움보다 그에 대한 연민이 나를 사로잡았다.

괜찮아요. 다 괜찮을 거예요.

나는 그의 머리를 더 가슴 깊이 끌어들였다.

10시 라디오 지역 뉴스에 시장에 대한 첫 뉴스가 나왔다.

시장이 간밤에 뇌출혈로 쓰러졌으며, 여러 시간에 걸친 수술을 끝냈으나 생존을 장담할 수는 없다는 뉴스였다. 또 목숨을 건진다고 해도 정상 업무에 복귀할 만큼 회복할 수 있을지는 의문이라는 의사의 말도 보도됐다. 뇌출혈 후 시간이 상당히 경과한 다음 수술에 들어가 사태가 심각해졌다고 했다. 수술을 해도 정상으로 돌아오기 쉽지 않은 게 뇌출혈이었다. 전신 마비나 의식장애는 물론 혼수상태가 계속되어 식물인간이 될 수도 있었다. 시장을 응급실로 데려온 사람을 경찰에서 찾고 있다는 말도 나왔다. '테니스 공원'에서 떠난 이후 시장의 행적이 드러나지 않고 있다는 것이었다.

정오의 뉴스는 좀더 진전된 정보를 보도했다.

테니스 공원에서 시장의 차에 누군가 동승하는 걸 본 목격자가 나타났으며, 그 남자가 응급실로 시장을 업고 들어온 남자와 일치하는지 경찰이 수사를 시작했다는 보도였다.

게다가 경찰은 최근 '타잔'이라고 일컬어지는 '대도(大盜)'의 용의자를 암암리에 추적 중이었는데, 시장을 응급실로 데려온 남자가 문제의 대도일 수도 있다는 혐의가 있어 이 남자를 쫓고 있다고 했다. 경찰 관계자가 보도 내용의 확인을 거부했다는 단서를 달았지만 아무 근거 없이 뉴스를 내보낼 리는 없었다.

대도라는 말이 가슴속에 깊이 찍혀 들어왔다.

대도라니, 내가 아는 그는 척박한 매립 지구의 땅을 뚫고 솟은 들꽃 하나에도 눈시울을 붉히는 사람이었다. 시내 곳곳에 설치된 CCTV에 찍힌 화면들을 경찰이 정밀하게 분석하고 있다는 내용도 있었다. 신세기대교의 검문소엔 틀림없이 CCTV가 설치되어 있을 터였다. 내다보이는 신세기대교에선 대낮인데도 경찰이 모든 차를 검문하고 있었다. 차들이 길게 늘어서 있었다.

하루 종일 아무 일도 손에 잡히지 않았다.

겨울비가 오락가락했다. 기온도 하강하고 있었다. 저녁부터는 비가 눈이 될 거라고 했다. 초조하고 불안해 담배를 한 개비 물고 주방 뒤창으로 다가들다가 하마터면 놀라 주저앉을 뻔한 것은 3시쯤이었다. 매립 지구 쪽에서 냉동 창고 있는 곳으로 경찰들이 떼 지어 들어오고 있었다. 경찰의 일부는 이미 앞쪽부터 냉동 창고 안을 수색하고 있는 듯했다. 나는 재빨리 옥상을 내려왔다. 다리가 후들후들 떨렸다. 수사망이 이렇게 신속하게 좁혀들지는 예상하지 못했다. 너무도 발 빠른 추적이었다. 냉동 창고 앞쪽으로는 오래된 주택들이 있었다. 간밤에 그의 차가 그 주택들과 냉동 창고 사이의 풀밭으로 들어와 있었으니, 밤이 깊었을지라도 쓰러진 시장을 업고 나와 차에 태우는 것을 목격한 사람이 있었을지도 몰랐다. 낯선 번호로 그가 전화를 걸어온 것은 바로 그때였다.

"경찰이, 냉동 창고에 와 있어요."

"그럴 거예요. 동백횟집에도 이미 다녀갔는걸요."

그의 목소리는 모든 결말을 다 알고 있다는 듯이 침착했다. 동백횟집에도 경찰이 들이닥쳤다면 그로서는 피해갈 길이 없었다. 시장을 응급실에 데려간 것은 물론이고 이른바 '타잔'이고 '대도'인 사람이 그라는 것을 경찰은 벌써 확신하고 있는지도 몰랐다. 창 너머에서 미루나무가 크게 흔들리고 있었다. 비는 그쳐 있었으나 하늘은 캄캄했고 바다는 암회색이었다. 폭우가 아니면 폭설이 내릴 밤이 다가오고 있었다.

"혹시 몰라서, 일부러 공중전화를 찾아왔어요."

그가 잠시 말을 끊었다가 이었다.

"내 말 잘 들어요. 조만간, 그쪽, 당신⋯⋯에게도 바람이 불어닥칠지 몰라요. 무조건 아무것도 몰랐다고 버티세요. 설령 병원에 함께 간 것이 밝혀져도 쓰러진 사람이 시장인 줄을 몰랐다고 하라구요. 내게 다 미뤄요. 버티면 돼요. 그런다고 내게 약속해주세요."

마지막 길을 떠나려는 사람의 말투였다.

"이것도 또 하나의, 반드시 성공시켜야 할 비즈니스라고 생각하세요. 버티면 당신, 다치는 일 없어요. 실제로 당신은 아무 잘못도 없는걸요. 버틴다고, 대답해요."

"어딘지 말해주세요. 지금⋯⋯ 바로⋯⋯ 갈 수 있어요⋯⋯."

그가 마지막 프로그램을 준비하고 있다는 느낌이 들었다.

안 돼, 라고 나는 생각했다. 그가 준비한 프로그램이 무엇이든, 그것은 파멸을 앞당기는 결과를 얻을 것이라는 예감이 나를 사로잡았다. 따져보면 시장이 쓰러진 것은 그의 탓만이 아니었다. 보도 또한 다 믿을 수는 없었다. 그가 '타잔'인 줄 저들이 어떻게 알았겠는가. 경찰 관계자가 확인을 거부한 걸 보면 기자들이 흥미 위주로 상상한 것에 불과할 수도 있었다. 보도에 속아 스스로 자기를 드러낼 필요는 없었다. 나는 그래서 오히려 그에게 버티라고 말하고 싶었다. 섣불리 움직이지 마세요. 우리, 함께 버텨봐요. 그가 말했듯이, 차라리 '비즈니스'처럼 생각하라고, 모든 비즈니스는 굴욕까지 견뎌내는 인내가 필요한 것이라고, 나는 말하고 싶었다. 무엇보다 그 순간 그가 그리웠다.

"내게 오는 거, 안 돼요."

그가 단호하게 말했다.

"당신까지 위험에 빠뜨릴 수는 없어요. 이제 곧 배턱으로 출발해요. 친구들과 바다낚시 간다고 하고서 아는 사람의 배를 빌려뒀거든요. 시장 때문에 망한 건 나만이 아니에요. 나를 돕는 좋은 사람들이 있어요. 걱정 마세요."

"바람 이렇게 심한데, 미쳤어요?"

내 목소리가 한 옥타브 탁 솟구쳐 올라갔다.

"그러니까 오히려 바다로 가려는 거예요. 기차역이나 터미널은 물론 외곽으로 나가는 모든 길이 이미 봉쇄됐어요. 바람이 불어 오히려 도움이 돼요. 저들이 지금 신경 쓰지 않는 것은 바다뿐이니까요. 나도 경찰이 이렇게 속도전으로 쫓아올지는 몰랐어요."

"이런 바람에…… 바다로 나가서 어디를……."

"대륙으로 건너가서, 몇 년간, 정말이지 통 큰 비즈니스

한번 해보려구요. 헛, 이래 봬도 내가 비즈니스맨이잖아요."

그는 웃으려고 했으나 잘 되지 않았다.

"가더라도 기다렸다 가야지, 지금은……."

"횟집 할 땐 내가 직접 바다로 나가 횟감을 건져 올리기도 했었어요. 배를 모는 건 쉬워요. 모든 일, 잠잠해지거든 여름이나 가끔 찾아주세요. 지난번 갔던, 여름이 에미의 고향은 알고 계시지요?"

"……"

목이 메서 대답이 얼른 나오지 않았다.

ㅁ시와 ㅍ시의 중간쯤에 가구 전시장이 여러 개 있었다. 여름이를 맡겼다는 그 애의 외삼촌이 사는 곳이자 그의 아내 고향이기도 한 마을이 그 안쪽에 있었다. 행정구역상으로는 ㅍ시에 속해 있으면서 거리로는 ㅁ시에 가까운 곳이었다. 그의 아내 유골을 묻었다는 아름드리 이팝나무가 눈앞을 스쳐 지나갔다. "아내는 이팝나무 흰 꽃 같았어요." 그의 말도 들리는 듯했다. 그의 아내 유골이 묻힌 뒷산에서 내려다보면, 바다도 이팝나무 꽃처럼 하얬다. 햇빛도 희고 하늘도 희고 바다도 흰 그곳이 떠올랐다. 그와 함께 그곳에 갔던 일이 벌써 전생의 일이었던 것처럼 아득했다.

"그 애 곁을…… 아빠가…… 지켜야지요……."

간신히 말하는데, 눈물이 삐질삐질 흘러나왔다.

말은 그렇게 하면서도 나는 이미 그를 붙잡지 못하리라는 걸 알고 있었다. 그도 목이 메는지 대답이 없었다. 외삼촌의 셋집엔 여름이가 따로 지낼 방조차 없다고 했다. 그의 아내가 그에게 이야기해주었다던 이팝나무에 대한 슬픈 설화가 그 애한테는 현실이 될 것이 자명했다. 시어머니의 자심한 구박을 견디지 못한 배고픈 며느리가 목매 죽어, 이윽고 한 서린 '이밥' 같은 꽃을 무더기무더기로 피워내는 이팝나무가 됐다는 설화였다.

"꼭 돌아올 거예요. 여름이랑……."

젖은 목소리로 그가 속삭였다.

"당신이…… 이 땅에 있으니까요……."

잡음이 들끓더니 곧 전화가 끊어졌다. 여보세요, 라고 소리쳐 불렀으나 빙 하는 금속성뿐이었다. 사랑해요, 라고 나는 속으로 말했다. 환영 같은 것이어서, 한쪽이 떠날 때에야 비로소 명백해지는 것이 혹 사랑일는지도 몰랐다. 바람이 점점 심해지고 있었다.

해안도로 가랑이 사이로 삼태기처럼 파고들어간 만의 끝에 지금은 낚싯배나 정박해 있을 뿐인 구시가지 옛 포구가 위치해 있었다. 황강이 운류산 발치를 돌아 흘러와 마침내 제 몸을 풀어 바다와 뒤섞이는 지점이었다. 조선 시대엔 소금배와 경강선들이 주로 드나들고, 일제시대엔 비옥한 근처의 곡창지대에서 생산되는 곡류를 일본으로 실어가던 수탈의 전진기지였으며, 해방 후 한 시절은 해산물의 집산지로 파시를 이루었던 곳이었다. 그러나 수많은 사람들이 북적거렸을 포구는 지난 10여 년 사이 너무도 황폐해져서 이제 포구라고 부르기에도 민망했다. 새로 건설된 현대식 항구로 사람과 시설이 모두 옮겨 갔기 때문이었다. 모든 것이 떠나고 만 부둣가 건물들은 몇몇 횟집과 주점이 들어 있을 뿐 비어 있는 곳이 더 많았다. 가까운 바다로 나가 시나브로 막횟감을 건져 올리기도 하고 바다낚시 손님에게 대여되기도 하는 소형 어선들이나 겨우 드나드는 곳이었다. 바다낚시 손님들도 끊어져버린 철이라서 포구는 더욱더 을씨년스러웠다.

나는 그가 '배턱'이라고 말한 것에 주목했다.

배턱이라고 부를 만한 곳은 구시가지의 버려진 포구밖에 없었다. 신시가지 항구라면 배턱이란 낱말을 쓰지는 않았을 터였다. 신시가지의 항구는 큰 규모의 상선까지 닻을 내릴 수 있도록 잘 정비되어 있었다. 더구나 아는 사람에게 배를 빌릴 수 있는 곳으로는, 그가 뱃사람들과 교유하며 오래 살아온 구시가지가 가장 유력했다. '배턱으로 곧 출발한다'고 했으니 한 시간 전후에 그가 이곳에 나타날 거라고 나는 믿었다. 정우에게 오늘만은 버스를 이용해 학원으로 가라는 것은 이미 전화로 일러둔 뒤였다.

아직 저물지 않았는데도 포구는 텅 비어 있었다.

허리를 맞대고 묶여져 있는 고깃배들을 나는 보았다. 10여 톤도 채 되지 않을 것 같은 작은 통통배들뿐이었다. 갯벌로 끌어 올려져 있는 배도 있었다. 그것들은 버려진 상태로 썩어가는 중이었다. 문이 닫힌 어느 횟집 앞에 차를 세우고 나는 운전석에 그대로 앉아 있었다. 생선을 운반하는 몇몇 화물차가 주차해 있는 주차 라인의 가장자리였다. 그곳에서는 포구로 들어서는 도로와 오밀조밀 잇대어진 건물들과 방파제 아래 배가 닿는 부두를 동시에 볼 수 있었다. 부두로 내려가는 비탈길 어귀에 경찰 초소가 있었으나 비어 있는지 잠잠했다. 그의 말대로 경찰의 경계가 아직 여기까진 미치지 않은 것 같았다.

어스름이 내려 깔리기 시작했다.

황강을 넘어가는 긴 화물열차가 꼬리를 감추었을 때쯤 포구 어귀에 택시 한 대가 불현듯 나타났다. 내 차가 세워진

곳에서 배가 닿는 부두까진 경사진 시멘트 도로였다. 부둣
가 외등이 껌뻑껌뻑하다가 불을 켰다. 택시는 경찰 초소 앞
을 지나 막 불이 켜진 부두로 곧장 내려갔다. 그쳤던 비가
어느새 싸락눈으로 둔갑해 조금씩 흩날리기 시작하고 있었
다. 그 사람이야, 라고 나는 본능적으로 중얼거렸다. 검은
파카에 작업모를 깊숙이 눌러쓴 남자가 낚시용 가방을 들
고 택시에서 내린 건 다음 순간이었다. 경찰 초소를 올려다
보는지 남자의 얼굴이 한순간 위로 젖혀졌다. 바로 내 발밑
이었다. 그였다.

"아하……."

내 입이 저절로 벌어졌다.

그냥 보낼 수는 없었다. 주차 라인을 따라 늘어선 키 큰
미루나무들이 더욱 요동치고 있었다. 통통배나 다름없는 저
렇게 작은 배를 몰고 이 밤에 큰 바다로 나가는 것은 자살
행위나 다름없다는 생각이 들었다. 붙잡아야 돼. 나는 본능
이 시키는 대로 황급히 차문을 열고 나왔다. 아니, 차문을
열고 나오다가 멈칫했다. 사람이 없는 듯했던 경찰 초소에
불이 켜지면서 누군가 벌컥 문을 밀고 나왔기 때문이었다.
나는 한 발만을 땅에 내디딘 불편한 자세로 엉거주춤 서서
부둣가의 그와 초소를 막 나선 방파제 위의 젊은 경찰을 번

갈아 바라보았다.

그는 발아래, 부두에 있었고 나는 방파제 위에 있었다.

직선거리로 치면 도란거리며 이야기를 나눌 수도 있을 만큼 지척이었다. 오히려 경찰 초소가 멀었다. 초소와 나 사이에 화물차까지 있어 경찰관은 나를 보지 못하고 있었다. 짧은 순간, 그의 시선이 갑자기 차문을 열고 나온 내게로 날아왔다. 이야기만 나눌 수 있는 게 아니라 손을 뻗으면 서로 닿을 수도 있을 것 같은 거리였다. 내가 그랬듯, 그도 단번에 나를 알아보았다. 나를 알아보는 눈빛을 나는 얼마든지 느낄 수 있었다. 섬광이 번쩍하는 눈빛이었다. 왜 여기에 왔어요? 라고 그는 나를 힐난하고 싶은 눈치였다. 나의 가슴속에서 그리움이 물결쳤다. 내 손이 갈팡질팡, 나도 모르게 앞으로 나아갔다.

"정말 칼라 꽃 들고 계시네요."

처음 만나던 날 그가 내게 건넨 첫마디였다.

가을이 시작될 무렵이었다. 칼라 꽃 꽃말을 일러준 것이 기억났다. 그가 몰고 온 낡은 차 안엔 바이올린협주곡이 흘렀고, ㅍ시 외곽의 모텔 창에서 내다본 바다는 옥양목처럼 하얗게 비어 있었다. 유난히 수줍음을 많이 타는 남자였다. 정사에 들어가며 나의 속눈썹에 먼저 키스한 것은 평생 그

가 처음이었다. 절정의 순간에 "여보……"라고 외마디 비명
을 내질렀던 그와, 일이 끝나고 사뭇 수줍어하면서 돈이 담
긴 흰 봉투를 건네주던 그와, 어딘지 모르게 다른 세상을 보
는 듯한 눈빛으로 쓸쓸하게 혼자 모텔 방을 걸어 나가던 그
가 차례로 눈앞을 스쳐 지나갔다. 돈 봉투를 받을 때는 꼭
부의금을 받는 기분이었지. 모든 것의 멸망은 그 '부의금'으
로부터 시작되었다고, 나는 생각했다. 무엇보다 정사를 치
르고 나서 뒤돌아서 옷을 입을 때, 비상하지 못하도록 운명
지어진 새의 그것처럼 솟아올라, 어스름을 밀어내고 있던
등뼈가, 너무도 선연히 내 가슴에 남아 있었다.

"거기, 뭡니까?"

젊은 경찰이 하품을 하면서 큰 소리로 물었다.

"요 앞에 나가 술안줏감이나 금방 걸어 오려구요!"

그가 긴장을 감춘 카랑한 목소리로 대꾸했다.

이런 저녁에 혼자 바다로 나가려는 것은 누가 봐도 부자
연스러운 일일 텐데, 졸다 나왔는지 어쨌는지, 경찰은 조금
도 경계심을 갖고 있지 않았다. 그가 배를 매어놓은 밧줄을
서둘지 않고 풀었다. 안 돼요, 라고 나는 절박하게 속으로
중얼거렸다. 그의 어깨와 솟은 등뼈가 흐릿한 외등 불빛을
조용히 밀어내고 있었다. 무엇이든, 마음먹은 대로 결행할

준비가 끝난 어깨였다. 닻줄을 풀어 뱃전으로 던져 넣은 그의 시선이 검은 바다를 훑고 지나 다시 내게로 날아왔다. 반짝이는 눈빛이었다. 차 안으로 다시 들어가요, 버텨야 해요, 라고 그는 눈빛으로 말했다. 절대로 지금 나서면 안 된다구요! 침묵 속에서도 예민한 내 귀는 그의 목소리를 시시각각 수신하고 있었다. 경찰관은 아직도 사태의 심각성을 알아차리지 못한 눈치였다.

"이봐요. 출항 금지라니까요!"

"아따, 요 앞에 나간다니까 그러네. 반 시간이면 들어와!"

다음 순간 그가 배의 갑판 위로 새처럼 날아갔다.

힘차게 날갯짓을 하는 그의 등뼈가 내 눈에 환히 보였다. 부르릉, 하고 배의 시동이 걸리는 소리가 났다. 어느새 그는 배의 키를 잡고 있었다. 경찰관은 그제야 그가 자신의 말을 듣지 않을 거라고 생각한 모양이었다. 갑자기 호루라기를 요란하게 불면서 초소에서 부두로 이어지는 비탈길을 허둥지둥 달려 내려가기 시작했다. 초소에서 배턱까지는 50여 미터나 되는 거리였다. 호루라기 소리를 들었는지 초소 안에서 늙수그레한 다른 경찰관이 득달같이 쫓아 나왔다. 땅거미가 급격히 내려와 덮여 바다는 이미 어둠에 잠겨 있었다.

"돌아올 거예요. 당신이…… 이 땅에 있을 테니까

요……."

내 귀가 수신한 그의 마지막 말은 그것이었다.

그는 키를 잡은 채 똑바로 나를 바라보고 있었다. 그를 향해 엉거주춤하게 손을 뻗은 내가 눈(眼)의 화살을 맞고 한순간 비틀했다. 배는 금방 만의 한가운데로 나아갔다. 눈바람이 심해지고 있었다. 뱃전에 부딪쳐 양쪽으로 갈라진 바다의 서슬이 외등 불빛과 부딪치며 하얗게 부서졌다. 그를 향해 들리던 내 팔이 다시 뚝 떨어졌다. 조금씩 바다가 먹물로 지워졌고, 그가 지워졌다.

그는 그렇게 떠났다.

배가 가른 바다의 서슬도 금방 지워지고 없었다. 풍랑이 일고 있었다. 어둠 속 바다는 죽음의 길에서 아주 가까워 보였다. 비탈길을 뛰어내려가던 젊은 경찰관이 주르륵 미끄러지며 엉덩방아를 찧고 있었다.

나는 그대로 바닥에 주저앉았다.

바다가 돌아눕는 소리

경찰서를 나온 것은 오후 4시쯤이었다.

하오의 햇빛이 유난히 밝았다. 경찰서 마당으로 내려서다가 햇빛에 눈이 찔려 나도 모르게 비틀, 섰다. 나는 손차양을 하고서 잠시 그대로 서 있었다. "이로써 당분간 부르는 일은 없을 테지만, 그래도 완전히 끝났다곤 생각하지 마세요." 진술 조서에 지장을 찍고 났을 때 담당 형사가 한 말이었다.

불구속 상태였으나 취조는 여러 날 끈질기게 계속되었다.

시장의 납치 협박 과정에 내가 어떤 역할을 했는지가 첫 번째 취조 목표였고, 그의 절도 사실을 알고 있었는지, 방조하거나 협력한 일은 없는지가 두번째 취조 목표였다. 그 과정에서 내가 해온 '비즈니스' 사실이 낱낱이 밝혀졌음은 물론이었다. 삭제했음에도 불구하고 경찰은 그와 나의 컴퓨터 파일을 완전히 복구해 관계가 어떻게 시작됐는지 모두 알아낸 것이었다.

"애 과외비 땜에 몸을 팔다니, 말이 됩니까?"

어떤 형사는 쯧쯧쯧, 혀를 찼다.

아버지가 돼본 적이 없는, 그래서 이 나라에서 부모 노릇하는 것이 어떤 오욕과 질곡을 견뎌야 하는지 짐작조차 하지 못할 젊은 형사였다. 실패의 대를 물리는 것이야말로 견디기 어려운 형벌이라는 사실에 대해 나는 물론 아무 말도하지 않았다. 한 푼이라도 더 싼값으로 여자의 몸을 사려는 사람들일수록 몸을 판 여자에게 더 가혹하게 군다는 것쯤은 나는 알고 있었다. 매춘만으로도 얼마든 처벌이 가능하지만 그 점만은 불문에 부치겠다고 형사는 덧붙여 말했다. 그러나 남편에게까지 이미 그 모든 사실이 알려졌으니, 형사적인 처벌 유예는 별 의미가 없었다. 아니, 수사 과정에서 알려지지 않았다고 하더라도 나는 어차피 경찰서로 처음 붙잡혀 들어갈 때부터 남편에게 모든 걸 고백할 작정을 하고 있었다. 돌아올 수 없는 다리를 건넌 셈이었다.

남편이 경찰서 앞에 차를 대고 있었다.

나는 남편의 눈길을 피해 말없이 뒷자리에 올랐다. 모처럼 햇빛 투명한 거리는 인파가 가득했다. 12월 그믐날이었다. 오늘 밤이 지나고 나면 마흔이었다. 아, 마흔……이라고, 나는 입속으로 중얼거려보았다. 마흔까지가 '인생의 본문'이라고 한 쇼펜하우어의 말처럼 정말로 '인생의 본문'이 다 끝났다는 기분이 들었다. 홀가분하거나 하진 않았다. 남편과의 연애 시절을 빼면, 내 인생의 본문엔 '새 종이에 새로 판 도장을 찍는 듯'한, 그 어떤 '전설'도 깃들여 있지 않았다. 그래서 마흔이 되기를 오래전부터 기다려왔던 것 같기도 했다. 아니, 차라리 어서 빨리 예순, 일흔이 되기를 나는 소망했다.

차가 해안도로로 접어들었다.

그가 나아간 바닷길은 잠잠하고 고요했다.

나는 실눈을 뜨고서 먼바다를 바라보았다. 그와의 약속은 지킨 셈이었다. 나는 길고 혹독한 취조 과정을 한결같이 버텨냈다. "몰라요!" 나는 말했다. "몰라요. 모른다구요." 취조 과정에서 내가 가장 많이 한 말이었다. 그가 '타잔'이었다는 사실에 대해서도 나는 모른다 했고, 그가 어디로 갔는가, 라는 질문에도 나는 모른다고 했으며, 그가 왜 냉동 창고까지 시장을 데려갔는지에 관한 취조에도 줄기차게 나는 모른다, 라고 대답했다. 앞날에 대한 어떤 희망을 붙잡고 싶어서가 아니라 오로지 그가 '버티라'고 요구했으므로 나는 견뎠다. 나로서는 그것이 그를 향해 지켜야 할 마지막 예의였다.

남편 역시 견고한 침묵을 유지하고 있었다.

벌써 일주일이 넘도록 계속되고 있는 침묵이었다. 경찰이 처음 들이닥친 것은 밤 8시쯤이었다. 여느 날처럼 정우를 학원에 데려다주고 서둘러 집으로 돌아와 남편의 늦은 저녁상을 차리고 있을 때였다. 구두 발짝 소리가 들려 내다보니 경찰차가 대문 앞에 와 있었다.

"당신을 찾으러 온 거야!"

남편은 미리 짐작하고 있었다는 듯 딱 그 한마디를 내뱉었다. 경찰차에 태워지는 순간에도 남편은 차창 밖에 표정 없이 서 있었다. 마치 슈퍼에 가는 아내를 보내는 듯 무심한 지아비 같은 표정이었다. "이제부터 정우는 내가 실어 나를게." 경찰차가 떠나려 하자 두번째로 그가 한 말이었다. 그날 이후 지금까지 남편은 내 앞에서 계속 벙어리로 살았다. 차가 구시가지 방향으로 들어서고 있었다.

"옷가지 몇 개만 싸서 정우 오기 전 곧 나갈 거예요."

견고한 침묵의 고리를 벗긴 것은 내 쪽이었다.

남편이 힐끗 백미러를 보았다. 여전히 표정이 없는 얼굴이었다. 어디로 가려 하느냐고도 반문하지 않았다. 남편은 진즉부터 나에 대한 많은 걸 알고 있었다. 알고 있으면서도, 어떻게 처분해야 할지를 결정할 수 없었다고 했다. "정우는…… 때가 되면 만날게요. 이혼 여부는 당신이 알아서 하시구요." 남편이 미루었으니 결정은 내 몫이었다. 그게 남편을 돕는 일이었다. 일단 짐 싸서 집을 나오는 것이 당연한 순서였고, 남편도 그것에 아무런 이의를 제기하지 않았다. 경찰에게 연행되면서 이미 결심한 순서이기도 했다.

"정우에겐 당신 뜻대로 설명해주세요."

정우의 얼굴이 눈앞을 스쳐 지나갔다.

내게 가장 가혹한 형벌이 있다면 정우와 만나는 일이었다. 차마 어떻게 정우의 얼굴을 보겠는가. 지역신문은 나의 온갖 것을 취재해 선정적으로 보도했다. 과외비를 벌기 위해 '매춘'을 했다는 사실이 보도되지 않도록 경찰이 마음을 써준 게 그나마 다행이었다. 그 대신 '타잔의 정부'였다는 보도가 나왔다. 심지어 시장을 납치 감금하는 데 내가 장소를 안내했다는 터무니없는 기사도 있었다. '타잔의 정부'라는 사실만 가지고도 사람들은 밤낮없이 입방아를 찧었다. '타잔의 정부'가 유부녀라는 사실도 흥미진진함을 배가시

켰다. 말은 꼬리에 꼬리를 물었고 눈덩이처럼 커졌다. 그런 정황 속에서 학교를 다니고 있는 정우는 나보다 더 혹독한 지옥 속에 살고 있는 셈이었다.

"당신이 어떻게 과외비를 댔는지, 그거 정우는 아직 몰라."

남편이 한참 숨을 고른 뒤에 대꾸했다.

차가 구시가지 어귀의 한적한 2차선 도로에 멈춰 섰다. 남편은 왼쪽을 나는 차창의 오른쪽을 보고 있었다. 남편의 말은 내게 아무런 위로도 주지 않았다. 대도로 알려진 '다잔의 정부'가 되는 일과 '자식의 과외비를 위해 몸 파는 어머니'가 되는 일 중에서 어떤 것이 더 비윤리적인 일인지는 알 수 없었다. 다른 게 있다면 '타잔의 정부'는 하나뿐이고 '과외비를 위해 몸 파는 어머니'는 이 도시에 여럿이라는 사실뿐이었다. '여럿'이라는 사실이 죄를 더는 길이 될 수 있는 것도 아니었다. 이 도시에서의 윤리성이란 안팎에서 일관되게 지켜지는 가치가 아니라, 지켜지고 있다고 객관적으로 인정되어 얻어내는 가치였다. 쉽게 말해 들키면 반윤리, 안 들키면 윤리라 할 수 있었다. 나는 이미 반윤리적이라고 판결이 났으니, 한 가지 죄목이 감춰졌다고 정우에게 윤리적이라 강변할 수는 없는 일이었다.

"갈 데도 없을 텐데."

"글쎄요. 천지간에 뭐, 갈 데 없을라구요."

남편이 물었고, 내가 남의 일처럼 대답했다.

그냥 해본 말이었다. 남동생이 인천에 살고 있지만 차마 그곳으로 갈 수는 없었다. 남편이 그제야 뒤를 돌아다보았다. 아직도 아무런 결정도 내리지 못한 듯, 눈빛이 막막했다. 남편의 시선을 피해 나는 얼른 시선을 창밖 먼 곳으로 돌렸다. "알았어." 남편의 마지막 말이었다. 멈췄던 차가 다시 출발했다. 구시가지로 들어선 차는 곧 미장원, 단골 슈퍼, 세탁소를 차례로 지났고 마침내 집으로 이어지는 야트막한 비탈길을 올라갔다. 어쩌면 다시는 돌아오지 않을지도 모르는 좁은 골목이었다. 시멘트 포장이 상한 데가 많아 차가 유난히 덜컹거렸다. 마침내 대문간이 보였다. 누가 대문 앞을 서성거리고 있었다. 놀랍게도 그것은 여름이였다.

"쟤, 어제도 왔었어."

차를 세우면서 남편이 나지막이 말했다.

새해, 나는 ㅍ시로 들어와 자리 잡았다.

ㅍ시 재래시장 뒤편에서 반지하 월세방을 얻은 것은 1월 하순이었다. 그와 함께 두 번이나 왔던 바닷가 언덕 위의 모

텔촌이 멀리 올려다보이는 곳이었다. 돼지갈비를 주로 파는 시장통 음식점에서 일자리를 구한 것은 방을 얻은 직후였다. 나는 돼지기름 냄새가 진동하는 음식점에서 하루 종일 석쇠를 갈고 익어가는 고기에 가위질을 하고 탁자를 치웠다. 집에 들어오면 돼지기름 냄새가 온몸에서 났다. 샤워를 아무리 해도 완전히 지워지지 않는 질긴 냄새였다.

돼지기름 냄새 때문에 주리 생각이 많이 났다.

그녀의 인생이 어긋난 것은 전적으로 족발집에서 거의 평생 일했던 그녀의 어머니에게 밴 돼지기름 냄새 때문이었다. 생각하면 그 돼지기름 냄새에서 한사코 도망쳐온 게 그녀의 인생이었다. 그녀를 만난 것은 경찰에 불려가 한창 조사받을 때였다. 도난품에 대해 재진술을 요청받고 온 그녀를 경찰서 취조실에서 만난 것이었다. 에메랄드 목걸이 세트를 비롯한 도난 물품과 4천만 원의 현금을 맞바꾼 영화 같은 '비즈니스' 건에 관해서 우리는 피차 끝까지 입을 다물었다. 그래서 도난당했던 패물들은 그녀가 되찾아 지니고 있지만, 결과적으론 여전히 도난품으로 기록되어 있었다.

"네가 타잔의 정부였어? 이 나쁜 년!"

마주친 순간 그녀의 손바닥이 내 뺨을 한 번 후려쳤다.

두 번도 아니고 단 한 번뿐이었다. 그러고 나서 그녀는 뒤도 돌아보지 않고 취조실을 재빨리 빠져나갔다. '새로운 종이에 새로 판 도장을 찍는 나날'이라고 말할 때에 비해서 그날의 그녀는 훨씬 더 늙어 보였다. 그녀는 사랑했던 젊은 남자를 사기죄로 고소, 그 무렵 소송에 전적으로 매달려 있었다. 젊은 '미스터 정'은 그녀의 재산을 철저히 우려낼 생각을 하고 처음부터 계획적으로 접근해온 터라, 소송을 통해서도 모든 걸 되돌려놓기에 쉽지 않은 눈치였다. 혹시 지금쯤 ㅁ시 오피스텔에 내려와 있을지 모르지만, 살아생전 그녀와 만나는 일은 없을 터였다.

마지막 손님이 나가고 나서야 비로소 일과가 끝났다.

밤 11시였다. 대강 손발만 씻고 어스레한 시장통을 가로질러 오는데 멀리서 곰 같은 큰 덩치가 나를 향해 달려왔다. "엄마!" 여름이였다. "공부하지 않고, 뭐하러 또 예까지 나와 있어?" 내가 쿡 하고 여름이의 머리를 쥐어박았고, "엄마가 내준 숙제, 다 했어"라고 말하며 여름이가 내 소매 깃을 잡았다. 언제부터 그 애가 나의 호칭을 '이모'에서 '엄마'로 바꿨는지는 분명하지 않았다. 매립 지구에 살 때부터 부지불식중 '엄마'라고 부른 적이 종종 있었으니까, 부자연스러울 것은 하나도 없었다. 전학 수속도 다 끝내고 개학을 기다리는 중이었다.

"내가 청소 깨끗이 해놨어."

"아이구, 착하네, 우리 여름이!"

넓은 방은 아니었지만 방바닥은 따뜻했다.

우리는 함께 야식으로 고구마를 삶아 먹었다. 이제 그 애는 말하는 것도 거의 정상을 회복했고 자폐아의 일반적 증상도 아주 좋아졌다. 외삼촌 집에서 데려올 때에 비하면 비약적인 성과였다. 그 애의 외삼촌에겐 중학교 다니는 딸이 있었는데 방은 두 칸뿐이었다. 딸과 그 애를 같은 방에 둘 수가 없어 부부 방에 재우고 있다는 사실을 안 것은 구시가지 내 집으로 찾아온 그 애를 데려다주러 갔을 때였다. 외삼촌 내외나 그 애나, 서로 못할 짓이었다. 그 애의 여러 증상도 악화 일로에 있었다. 나는 그래서 반지하 월세방을 얻은 뒤 곧장 그 애부터 데려왔다. 구태여 떠난 그를 위해서가 아니라, 그 애를 내가 어느덧 너무나 많이 사랑하고 있다는 것을 깨달았기 때문이었다.

"아빠도 고구마 좋아하는데."

그 애가 내 눈치를 살피면서 말했다.

나는 그 말에 아무 대꾸도 하지 않았다. 어스름에 파묻힌 구시가지 포구에서 차츰 어둠에 지워져가던 그의 마지막 모습이 신기루처럼 떠올랐다가 가뭇없이 꺼졌다. 시장은 아직까지 깨어나지 않은 모양이었다. '국제적인 감각을 갖춘 탁월한 비즈니스맨'인 시장은 탁월했기 때문에 쉴 틈이 없었을 터였다. 한 번도 쉬어보지 못한 시장이 비로소 깊고 깊은 잠에 빠졌다면, 그 또한 나쁠 것 없는 일이라고, 나는 내 멋대로 생각했다. 더불어 나의 상상 속에서 그는 진짜로 '타잔'이 되었다. 길게 늘어진 넝쿨식물의 끝을 잡고 아주 가볍게 황해바다를 넘어가는 그의 꿈을 나는 자주 꾸었다. 바다를 넘어갈 때 그가 흩날리는 긴 머리칼이 나의 뺨에 휘감기는 꿈을 꾼 적도 있었다.

캄캄한 바다를 넘어 그는 과연 어디에 내려앉았을까.

옷가지가 든 가방을 들고 나를 찾아온 여름이를 앞세워 집을 나오던 날, 버스 속에서 들었던 뉴스를 나는 기억하고 있었다. 연말에 해주 부근으로 어선을 타고 월북한 남자가 있었다는 북한발(發) 뉴스였다. 월북인지 표류해온 것인지도 분명하지 않다고 아나운서는 설명했다. 남자의 이름이나 월북한 이유 등에 대해서도 부가적 설명이 전혀 없었다. 혹시 그 사람일까, 하고 잠시 상상해본 건 사실이었다. 그러나 무슨 상관인가. 중국에 들어갔어도 좋고, 표류해 북한으로 들어갔어도 상관없었다. 다만 어떤 경우에도 그가 바람 찬 바다에서 인생을 마감했다는 나쁜 생각은 들지 않았다. 어디에 있든지 간에, 그가 말한 대로 그는 이미 '통 큰 비즈니스'에 착수했을 것이라고 믿었다.

남편은 이상할 정도로 생각나지 않았다.

가끔 일부러 생각해보려 해도 얼굴조차 흐릿하게 지워져 떠오르지가 않았다. 휴대폰을 버렸으니까 그쪽에서 나를 찾아낼 방도도 없었다. 가끔 정우가 생각나긴 했다. 그러나 간절하게 그립거나 하진 않았다. 참 신기한 일이었다. ㅁ시에 내려오고부터는 모든 사랑, 모든 희망을 정우에게 걸고 살아온 나날이었는데, 거짓말처럼, 정우가 보고 싶지 않았다. 보고 싶기는커녕 그저 낯선 얼굴 같았다. 여름이와 헤어지고 나서 그 애가 간절히 보고 싶었던 나날과 아주 대조적이었다. 피가 물보다 진하다는 말은 거짓인 게 확실했다. 그 애 계모였나 봐, 내가. 어떤 날은 스스로 그렇게 말하고 쿡쿡거리며 웃기도 했다.

여름이는 야식을 먹고 금방 잠이 들었다.

나는 샤워를 하고 길게 누웠다. 돼지기름 냄새가 내 몸에서 조금 나는 듯했지만, 절대 언짢은 냄새는 아니었다. 오히려 향긋했다. 무엇보다 등이 따뜻해서 참 좋았다. 멀고 먼 가파른 길을 지나와 비로소 따뜻한 아랫목에 누워 쉬는 느낌이었다. 취했는지 누군가 비틀거리며 골목을 지나가는 소리가 들렸다. 나처럼, 이제 막 마흔 살이 된 남자라고, 나는 생각했다. 윗집에서는 텔레비전을 켜놓았나 보았다. 여러 사람이 한꺼번에 웃는 소리가 와그르르 귓구멍 속으로 쏟아져 들어왔다. 그 소리 역시, 부드러웠다. 간간이 바람 소리도 들렸다. 창이 가끔 떠는 소리를 냈고, 그리고 먼 곳에서 바다가 돌아눕는 소리도 났다. 이곳에 자리 잡은 뒤부터 귀가 더 활짝 열린 모양이었다. 어떤 날 깊은 밤엔 작은 별들이 몸을 뒤채는 소리까지 들리는 것 같았다.

"지금…… 참 좋아……."

나는 흐뭇해서, 나도 모르게 혼잣소리를 했다.

소설 『비즈니스』와 관련된 몇 가지 생각

서울에서 이른바 '강남(江南)'과 '강북(江北)'의 경제·문화적 편차는 이미 정상 수준을 벗어나 있다. 허리띠를 졸라매고 달려온 산업화 과정에서 우리가 꿈꾸던 세상은 무엇이었던가. 어떤 이들은 예전보다 훨씬 더 잘살게 됐으면서 오히려 예전보다 훨씬 더 가난해졌다고 느낀다. 서울만 그런 게 아니다. 보편적인 현상이다. 전국 어느 도시를 가든 '신시가지'와 '구시가지'는 양지와 음지처럼 선연히 분리, 계급화된다. 사람들은 그래서 오늘도 '신시가지'만을 향해 기능적으로 뚫린 대로를 불철주야 달려간다. 이것이 우리의 삶이고 꿈이며 이상이다.

그러나 '신시가지'로 상징되는 그곳에 무엇이 있는가. 보다 넓은 집, 보다 빠른 자동차, 보다 큰 텔레비전 등이 놓인 그곳은, 생텍쥐페리의 표현대로 한다면 '재화(財貨)의 감옥'일 뿐이다. 우리는 그곳에서 소중한 영혼의 가치들을 대부분 잃어버린다. 예컨대 우리는 타인의 슬픔을 이해하는 방법을 잊고, 사랑의 완성이라는 꿈을 버리고, 삶의 더 큰 비전인 내면으로 가는 길을 상실한다. 남는 것은 불모지와 같은 '도시의 황야(荒野)'에서 느끼는 고독과 갈망뿐이다. 나는 이것을 '자본주의적 슬픔'이라고 부른다. 소설 『비즈니스』는 '신시가지'와 '구시가지' 사이에서 배회하다가 '자본주의적 슬픔'과 만나 쓰인 작품이다. 자식을 '먹이기' 위해 몸을 파는 어머니들은 어디에든 있을지 모르지만 자식의 '과외비'를 벌기 위해 몸을 파는 어머니들이 있는 나라는 우리나라밖에 없을 거라는 자학적인 상상은 아프기 한량없다.

『비즈니스』는 중국에서 발행되는 잡지 『소설계』와 우리 문예지 『자음과모음』에 동시 연재했다. 젊은 날의 나는 더러 중국 고전들을 읽으면서 보냈지만, 중국의 현대문학에 대한 독서는 오랫동안 겨우 노신(魯迅) 정도에 멈춰 있었다. 공자의 위패가 놓인 사당이 가까운 곳에 있었는데도 불구하고, 청년작가 시절의 나는 동시대의 중국 작가를 한 명도 만날 수 없었다. 중국보다 훨씬 먼 프랑스나 독일 작가를 더 가깝게 느끼며 살았다. 중국의 동시대 작가를 일부라도 만날 수 있었던 것은 겨우 1990년대에 들어오면서부터였다. 그것도 유럽에서 이미 알려지기 시작한 소수의 작가들뿐이었다. 번역서에는 곧잘 노벨문학상 후보로 거론됐다거나 하는 유럽발 정보들이 책의 날개에 실려 있었다. 나는 반감을 느꼈다. 마치 중국 작가를 만나려고 멀고 먼 유럽을 돌아서 가는 느낌이었다. 국교가 열리고 경제적 교류가 비약적으로 늘어났는데도 분위기는 크게 나아지지 않았다. 유럽에 대한 지식인들의 편협한 콤플렉스가, 문화적 혈연관계가 더 깊은 우리 독자와 중국 독자들이 순정적으로 맺어지는 것을 오히려 훼방 놓고 있다고 느꼈다. 그럴 무렵, 『자음과모음』에서 중국의 대표적인 문예지 중 하나인 『소설계』와 동시 연재를 제안해왔다. 중국 작가와 동반해 연재하고 함께 책을 내겠다는 말도 했다. 유럽의 반응을 매개 삼아 겨우 수혈받던 중국 현대문학과의 '스리쿠션' 교류 방식을 뛰어넘을 수 있는 좋은 기회라고 여겼다. 이로써, 동시대

중국 작가 장원의 『길 위의 시대』와 나의 『비즈니스』가 '따끈따끈한' 상태로 양국의 독자를 만나게 되었다. 이런 교류야말로 나는 굴절된 현대사가 빚어낸 동북아 민족 사이의 문화적 격절(隔絶)을 뛰어넘는 좋은 선례가 될 것이라고 확신하고 있다. 미지의 중국 독자를 만나는 개인적인 기쁨은 그다음의 일이다.

 물푸레나뭇과에 속하는 이팝나무는 탐스러운 흰 꽃을 피운다. 여름이 되기 직전에 핀다고 해서 입하목(立夏木)이라고도 불린다. 보리 수확을 앞둔 가장 배고픈 기간에 피는 꽃이다. 오죽했으면 그 아름다운 흰 꽃을 '쌀'로 비유한 설화가 만들어졌겠는가. 『비즈니스』를 쓴 이후 나는 가끔 이팝나무 꿈을 꾼다. 어떤 꿈에선 나의 주인공들이 그 꽃그늘에 기대어 불가사의한 운명을 결정짓는 순정 어린 첫 키스를 하고 있고, 또 어떤 날의 꿈에선 평생 가난하게 살았던 나의 어머니와 그 이웃이 이팝나무 꽃을 '쌀'로 여겨 광주리에 퍼 담고 있다. 이팝나무는 그래서 내게 두 개의 얼굴로 보인다. 하나의 얼굴은 자본주의적 삶의 질주가 불러온 윤리성 상실에 따른 황폐한 모습이고 다른 하나의 얼굴은 순정이 있을 뿐 가난과 굶주림으로 빈사에 이른 창백한 모습이다.

　사실, 이런 식의 현실 비판적 이야기는 오늘날의 우리 '문학판'에서도 거의 실종 상태에 놓여 있다. 현재진행형으로 맞닥뜨리고 있는 삶의 사회구조적 문제들을 '문학판'에서 오히려 유기시키고 있다는 느낌이 들기도 했다. 이래도 좋은가. 우리네 삶을 몰강스럽게 옥죄는 전 세계적 '자본의 폭력성'에 대해, 문학은 여전히, 그리고 끈질기게 발언해야 한다고 나는 믿는다. 지난봄 나는 '갈망의 삼부작'으로 명명한 마지막 작품 『은교』를 펴낸 바 있다. 최근작 『촐라체』, 『고산자』, 『은교』에서는 삶의 본원이라 할 존재론적 슬픔이 우선적으로 고려된 게 사실이다. 그러나 내가 어스레한 골방에서 존재론적 슬픔과 만나고 있을 때에도 우리를 둘러싼 반인간적 세계 구조는 오히려 더 깊어지고 있었다. 내가 뜨거운 삶의 현장인 '저잣거리'로 돌아가야 되겠다고 생각한 것은 그 때문이다. 반응은 중국에서 먼저 왔고, 또 뜨거웠다. 10월엔 상해에 다녀오기도 했다. 『소설계』 편집자는 뜨겁게 손을 잡아주었다. 마치 동지처럼.

　『비즈니스』는 올해로 벌써 두번째 장편소설이다. 작가로

36년을 살았지만, 문학은 내게 여전히 자유의 다른 이름이며 또 방부제(防腐劑)이다. 일부 독자들은 아직도 '청년작가'라는 이름으로 나를 부른다. 나의 소망은 청년작가가 아니라 죽을 때까지 강력한 '현역작가'로 살아가고 싶다는 것이다. 사람들은 내게 묻는다. "그동안 수십 권의 소설을 썼는데 좀 쉬면서 하시지 그래요?" 그럼 나는 이렇게 대답하곤한다. "내 안에 나이 들지 않는 포악한 짐승이 한 마리 살아요. 글을 쓸 땐 이놈이 얌전히 엎드려 있는데, 글을 쓰지 않고 있으면 꿈틀꿈틀 옆구리 생살을 찢고 나와요. 알고 보면 이놈한테 생살이 찢기지 않으려고, 살려고 쓰는 거랍니다." 요즘도 자본주의적 폭력성을 좀더 적극적으로 다룬 장편 『나의 손은 말굽으로 변하고』를 쓰고 있다. 쓰는 행위를 멈추지 못하는 게 최근 나의 딜레마다. 소설의 자궁 속으로 들어가 '순직'하고 싶은 욕망이 내 속에서 날로 커지는 걸 보는 건 황홀하면서, 동시에 두렵다.

연재 지면을 마련하고 동시에 출판까지 함으로써, 비로소 우리와 중국문학이 육친의 마음으로 직접 스킨십 할 수 있게 길을 열어준 『자음과모음』, 중국 『소설계』에 깊은 감사를 드린다. 이것이 어쩌다 한 번 스쳐 지나는 사례가 되지 않기를 진실로 바라면서.

2010년 가을 깊어가는 북한산 자락에 엎디어

박범신

비즈니스

© 박범신, 2010

초판 1쇄 발행일 | 2010년 12월 8일
초판 4쇄 발행일 | 2010년 12월 23일

지은이 | 박범신
펴낸이 | 강병철
주   간 | 정은영
편   집 | 최민석
디자인 | 송민재
제   작 | 시명국 구본성
영   업 | 조광진
마케팅 | 박현경 유혜영 안나

펴낸곳 | 자음과모음
출판등록 | 2001년 5월 8일 제20-222호
주   소 | 121-753 서울시 마포구 동교동 165-1 미래프라자빌딩 7층
전   화 | 편집부 02) 324-2347, 총무부 02) 325-6047
팩   스 | 편집부 02) 324-2348, 총무부 02) 2648-1311
E-mail | munhak@jamobook.com
홈페이지 | www.jamo21.net

ISBN 978-89-5707-536-4 (03810)